COLLECTION FOLIO

Illustration de Sacha Jordis

Christine Jordis

Bali, Java,
en rêvant

Gallimard

Christine Jordis s'occupe du roman anglais aux éditions Gallimard et collabore au journal *Le Monde*. Son premier essai, *De petits enfers variés*, a été couronné par le prix Femina et le prix Marcel-Thiébaud. *Gens de la Tamise*, son cinquième livre, a reçu le prix Médicis en 1999.

À Charles et à Maria,
grâce à qui j'ai découvert l'Indonésie.
À Sacha.

« Rien qui ne soit, même la moindre chose et la plus banale, habitée par l'esprit et les dieux ! »

HÖLDERLIN

Jakarta

Départ

Nous n'étions pas tout à fait de vieux habitués de l'Indonésie, mais nous aimions à le croire. Deux voyages en quelques mois, quatre fois dix-sept heures de vol, si l'on aime chiffres et précision, cela dénotait tout de même, pour des gens qui d'habitude ne partent pas très loin de chez eux, plus que de l'intérêt : un début de passion.

Puis l'envie nous était venue d'en savoir davantage : non plus de parcourir nos deux îles habituelles, Bali et Java, mais de nous y poser, d'y habiter quelque temps — ou plutôt de nous laisser habiter, envahir par « l'esprit des lieux ». Un jour nous nous sommes installés à Bali, louant une maison isolée, haut perchée sur les pentes du mont Batur, non loin du cratère de ce volcan et du village de Kintamani, situation qui impliquait de vivre en pleine jungle et, la plupart du temps — notre connaissance des particularités climatiques de l'île était encore vague —, au beau milieu de nuages noirs de pluie qui filaient et se chevauchaient dans un ciel de drame. Les formes et les couleurs s'en trouvaient adoucies. Palmes des cocotiers dans le lointain, traits légers tracés dans la vapeur grise. Le soir, le réseau électrique surchargé, comme souvent dans les villages d'Asie, ne nous envoyait qu'un éclairage faible et exténué, et parfois ce reste de lumière s'éteignait pour de bon, nous laissant pendant des heures, ou même jusqu'au matin, plongés dans une obscurité bruissante de voix et d'appels. Vue dans la lueur verte de la lampe de secours, l'unique pièce de notre demeure, dont le toit sans plafond s'élevait d'un seul jet, prenait des allures spectrales de hall gothique ; dehors, par l'ouverture béante, on entendait dégouliner la pluie sur les feuilles et dialoguer gravement les grenouilles.

Insectes et batraciens chassés par ce déluge venaient nous rendre visite, de grosses araignées velues et inoffensives qui s'enfuyaient au moindre mouvement et, tout contre les bambous au sommet de la toiture, à l'endroit le plus obscur, de petits coléoptères phosphorescents qui promenaient dans la nuit leur lampion capricieux.

Des journées entières se passèrent ainsi, enserrées par l'épaisseur de la végétation, sans autre rencontre que celle de nos voisins balinais, à écouter, rêver, observer, écrire.

Au XXe siècle le voyage fut plutôt politique, on allait voir sur place, on notait scrupuleusement dans son carnet, on revenait témoigner : l'URSS de Staline, où s'embarquèrent d'un pied plus ou moins allègre nos meilleurs écrivains, puis la Chine, pays de cocagne des intellectuels de choc, où de jeunes volontaires partirent travailler dans des usines de saucisse, et Cuba bien sûr... Ces voyages s'achevaient sur des récits édifiants, l'auteur accédait au rôle de témoin authentique de l'histoire. L'« Orient », cependant, auquel on accolait volontiers le mot de mirage, était l'affaire des visionnaires et rêveurs de tout poil. Il s'était enfoncé dans un XIXe siècle qui l'explora à loisir : Flaubert, Nerval, Loti, Rimbaud tendant à l'ailleurs, Conrad et Stevenson dans les mers du Sud, ou Melville lancé à la conquête d'un territoire qui est en fait le monde de l'esprit... « Par les soleils couchants, il semble qu'au-delà de notre horizon commencent les pays chimériques, les pays brûlés, la Terre de Feu, les pays qui nous jettent en plein rêve... » (Jules Renard, dans son *Journal*.) Tout, excepté « notre pauvre petit maigre et triste monde ». L'Orient : le mot appartient à une époque où, justement, les écrivains n'avaient rien de mieux à faire qu'à se risquer de par les mers, arpenter les déserts, marcher sous les tropiques, partir sans cesse — rêver, aimer, voyager, écrire, ce qui, souvent, se ressemblait.

Certes, il y eut récemment Michaux, et quelques autres moins illustres, mais je n'avais en tête aucune de ces lectures lorsque, pour la première fois, j'ai voyagé en Asie. J'allais tout bonnement y rendre visite à un membre de ma famille qui travaillait à Jakarta. Les livres sont venus après, les guides et les études avec, et le besoin d'y retourner.

Parfois dans la journée me revenaient ces noms dont les sonorités déjà nous dépaysent : Java, Bornéo, Sumatra, Sulawesi, Irian Jaya, Florès, Sumba, Sumbawa... Ou bien c'étaient les héros dont ces contrées gardent précieusement la légende et dont chaque rue de Jakarta porte le nom : Gajah Mada, Diponegoro, Sudirman, Hayam Wuruk, Falatehan, Radén Saléh, le peintre... Je me les répétais, tel Proust penché sur l'annuaire des chemins de fer, Java est seulement un peu plus loin que Venise, ils me restituaient le lointain, avec sa poésie, et les paradis accessibles du souvenir. Quant à Sacha, dont la vocation est de dessiner et de peindre des contes pour enfants, il recréait les images sur son papier — ces images indonésiennes qui s'inscrivent dans l'esprit avec la netteté de silhouettes tracées à l'encre de Chine ou des ombres projetées sur écran du *wayang kulit* (bien mal traduit « théâtre d'ombres »).

Arrivée à Jakarta

Vu d'avion, à la saison des pluies — nous étions en février — un pays tropical offre une gamme surprenante de gris sous la couverture des longs nuages bas effilochés. De temps à autre, le soir surtout, mais parfois dès l'après-midi, ces nuages se gonflent, noircissent et crèvent, la pluie dégringole sur les arbres, sur les toits de palmes qu'elle traverse, sur la mer qu'elle mate et assourdit : on n'entend plus, lourd et continu, que le ruissellement de l'eau qui tombe.

Aux abords de Jakarta, pressées le long d'une rivière d'eau boueuse, s'étend une forêt de cahutes en tôle ondulée : lépreuses, rouillées et rapiécées, disjointes, empilées de guingois, elles sont constituées de parties mal assemblées comme un patchwork fantaisiste ; elles ont des balcons de travers, et, pour tout ornement, d'interminables guirlandes de linge qui pendent sur les façades

grises. C'est là que vivent les tristes héritiers de
ces itinérants non conformistes, nomades et vaga-
bonds naguère si prestigieux — *satrya lelara* en
rupture de ban et en quête de savoir, aujourd'hui
remplacés par les *gelandangan* faméliques qui
viennent gratter leur guitare ou tourner leur cré-
celle en écrasant leur visage contre les vitres de la
voiture.

Encore étourdi par dix-sept heures de voyage,
enveloppé par la chaleur humide qui, mieux que
les heures écoulées, indique le passage dans un
autre hémisphère, on roule lentement vers la ville
dans un concert de coups de klaxon. Les rues se
succèdent : une suite d'échoppes et de terrains
vagues, de bâtiments en démolition et d'autres
plus récents dont les murs déjà décrépis ont un air
d'inachèvement — la tristesse du béton nu qui
affleure sous d'immenses panneaux publicitaires.

Un centre absent, un chevelu de rues et de
ruelles, imprévisible, irrégulier. Au plus loin de
ces microcosmes parfaits qui évoquaient un ordre
céleste par leur exacte géométrie et assignaient à
chacun une place en fonction d'un grand dessein
global : la cité javanaise telle qu'un jour on la
conçut et, parfois, la préserva. Mais ici l'évolution économique et la poussée des gratte-ciel ont
brouillé l'ordre rêvé.

Soudain la nuit tombe, les lumières s'allument
à l'intérieur des échoppes, éclairant les marchands

derrière leurs pyramides de fruits ; des collégiennes en blouse blanche, accroupies sur des bancs et serrées les unes contre les autres comme des oiseaux sur leur perchoir, attendent les bus surchargés qui passent dans un nuage de fumée, menaçant à chaque arrêt de s'écrouler en pièces. La laideur a disparu.

Le rêve que suscite le seul mot de départ, cependant, ou ceux de voyage au long cours — partir sans savoir si l'on reviendra jamais, partir : « être lancé dans l'Éternité », comme disait Melville — c'est le lendemain qu'il m'est venu, et non au moment fébrile de prendre l'avion — sur le quai de Sunda Kelapa, le dernier port au monde de « marine marchande à voiles », ainsi l'affirme le guide de Java.

À Sunda Kelapa où jettent l'ancre les goélettes chargées du bois venu de Sumatra et de Kalimantan, on imagine Melville, marin vagabond, voguant vers la Polynésie où Segalen séjournerait un demi-siècle plus tard, persuadé quant à lui qu'on n'appréhende jamais « la réalité de ce qui est Autre » ; Stevenson s'embarquant pour les mers du Sud où il allait mourir après avoir rêvé d'y fonder une communauté idéale ; Conrad, blessé en mer par un morceau d'espar, débarqué à Java, puis hospitalisé à Singapour, prenant la décision, plutôt que de rentrer dans l'étroite Angleterre, de devenir second à bord du *Vidar*, un vapeur

jaugeant trois cents tonneaux, et d'accoster les îles
de l'archipel malais — où il rencontra Olmeijer,
ou Almayer, personnage hautement romanesque —, ensuite seulement il remonterait un
fleuve à l'intérieur de Bornéo, aujourd'hui nommé
Kalimantan… « L'univers de nouveau s'ouvrait
devant nous, c'était le champ de notre quête »
(Melville, encore).

Le *Vidar* partait de Singapour par le détroit de
Karimata qui reliait la mer de Chine méridionale
à la mer de Java. Il s'arrêtait à Banjarmasin et
Poulo-Laut sur la côte sud de Bornéo, puis franchissait le détroit de Macassar en direction de
Donggala, sur la côte orientale des Célèbes, aussi
appelées Sulawesi, où l'on voue un culte aux
morts. Hollandais expatriés, négociants véreux,
affréteurs plus ou moins pirates, commerçants
arabes et chinois, telles furent ces années-là les
rencontres de Conrad. Puis « le malaise de la jeunesse qui prend fin » s'empara de lui et le poussa
vers d'autres horizons.

De grandes barques aux coques évasées et
peintes de couleurs vives s'étagent le long du quai,
mât contre mât, en une rangée unique qui s'étire
vers le large. L'une derrière l'autre les hautes
proues se dessinent contre le ciel où elles tracent
comme un signe péremptoire et solitaire. Les
bateaux sont reliés au quai par de simples pou-
trelles dressées à des angles improbables. Des

hommes qui portent de lourdes planches de teck les parcourent pieds nus, précautionneusement tout d'abord, puis en une sorte de danse glissée une fois qu'ils sont à terre.

Cette activité ne cesse pas ; clignant des yeux sous la pluie, je regarde les femmes en *sarong* qui viennent leur apporter le repas et les visages de ces colporteurs-funambules quand ils leur parlent ; vêtus de haillons, la tête couverte d'un turban et la mine taciturne, ils rappellent les pirates d'autrefois. Chefs de bande, marchands d'armes ou d'esclaves, armés d'un kriss et courant l'amok, ils font la loi sur les mers depuis le XVIIIe, sortis d'entre les pages d'un livre de Conrad ou d'Emilio Salgari, un écrivain moins connu celui-là, grand rêveur devant l'Éternel, qui naquit à Vérone en 1862, eut comme Conrad le désir d'être marin et de bourlinguer en mer lointaine, même s'il ne navigua jamais qu'en Adriatique, et qui vécut une riche vie imaginaire dans ses nombreux livres, entre l'Inde et Bornéo, pour finir, son rêve épuisé, par se suicider à Turin en 1911.

En haut de piles de bois, allongés sous des bâches, d'autres pirates se reposent et rient. L'air est imprégné d'une odeur fraîche et poivrée — celle du teck et de la pluie, qui devint pour moi celle de Java.

Sunda Kelapa est proche de la ville chinoise. Pataugeant dans l'eau noire et les ordures, encerclés par le flot infernal des véhicules à deux roues, nous errons depuis un moment quand enfin un taxi se présente. Il continue de pleuvoir. Nous grimpons dans la carlingue et donnons l'adresse, excentrée il est vrai, de mon frère, qui nous héberge. Combien de temps nous fallut-il pour nous apercevoir que le chauffeur — un jeune homme aux yeux affolés et aux moustaches tombantes qui rotait haut et gras, sans doute pour trouver un réconfort — ne savait pas où il allait ? Il allait, c'est tout. Et d'ailleurs, en quelle langue nous aurait-il avoué son ignorance ? Les demi-heures passaient, le charme des embouteillages s'épuisait, les mêmes rues défilaient derrière les vitres embuées. La soirée, puis la nuit pouvaient s'écouler ainsi, à rouler, rouler vers nulle part, rouler parmi tant d'autres dans ce mouvement perpétuel. De crainte de perdre la face — chose impensable en Indonésie —, un chauffeur, avons-nous appris mais un peu tard, n'ira jamais dire qu'il ne connaît pas la destination indiquée : il attendra quelque signe du ciel (foi dans l'intervention divine) ou un éclair de mémoire du Blanc assis derrière (confiance non fondée dans la toute-puissance du touriste) tout en continuant de conduire, ce qui est sa véritable tâche. Le nôtre ne recevant rien de tel, mais constatant notre énervement grandissant, se résigna à s'adresser à des passants, puis, en fin de compte — aveu muet de défaite — à arrêter le compteur. Nous étions bel et bien perdus dans Jakarta.

À visiter le musée historique de la ville, sur la place aujourd'hui nommée Taman Fatahillah, à regarder les meubles lourds et pompeux dont s'entourait l'occupant hollandais, à considérer les portraits des personnages officiels, gouverneurs raidis par le sentiment de leur importance, engoncés dans des costumes qui, par la chaleur ambiante, requéraient pour le moins un sens élevé de la fonction, sinon de l'héroïsme, et la certitude fortement ancrée de détenir des valeurs infaillibles, on imagine sans trop de peine ce que fut l'histoire de Jakarta. Jan Pieterzoon Coen, un jeune chef comptable hollandais qui avait le goût de l'ordre, du gain et des chiffres et compte parmi les nombreux criminels glorifiés par l'histoire, la fit raser jusqu'au sol, avant d'édifier, en 1619, une nouvelle ville, dûment construite, celle-là, sur le modèle d'Amsterdam, avec canaux à pont mobile, docks et entrepôts, caserne et place centrale : ce fut Batavia, rebaptisée Jakarta en 1942, après quelque trois cent trente ans d'occupation hollandaise.

Ce que ces faciès suggèrent, les anecdotes du

guide le complètent, récits d'horreurs liées à la
colonisation et dont témoigne ici et là un objet
qu'on vous signale en passant, ainsi l'épée avec
laquelle on tranchait la tête des condamnés, sur
cette place même, devant ce musée, autrefois
un tribunal et une prison, et qui servit également, nous dit-on, de demeure aux gouverneurs,
ils n'avaient plus qu'à ouvrir leur fenêtre pour
contempler l'exécution.

On ne fit pas tant de façons — ni tribunal ni
prison — pour exécuter, en 1740, les commerçants chinois dont la prospérité et l'influence
inquiétaient les Néerlandais aussi bien que les
Javanais. Dix mille Chinois furent massacrés, première d'une longue suite de tueries. Le gouvernement regroupa les survivants et les mit à l'écart,
les relogeant à l'extérieur des remparts de la ville,
dans l'actuel quartier de Glodok. Pour faire bonne
mesure, il confisqua nombre des privilèges qui les
avaient rendus puissants et impopulaires, comme
la collecte des taxes et le contrôle des marchés. On
n'en aima pas mieux les Chinois, mais la Compagnie hollandaise des Indes orientales régna désormais seule sur la côte nord de Java.

Nous nous sommes promenés dans Glodok.
Ici nul caractère chinois, nulle inscription ni panneau. C'est depuis peu de temps que la célébra-

tion du nouvel an, dragons, pétards, masques et fumées, est de nouveau autorisée. Auparavant, la langue d'origine et les fêtes étaient interdites. En outre il fallait choisir un nom indonésien, abandonnant ainsi les *xing-ming* trisyllabiques et révélateurs. Suharto avait-il voulu dissimuler les caractères les plus repérables d'une population en butte à l'hostilité des Javanais ou effacer une identité maintenue contre vents et marées ? Brimade ou volonté d'intégration ? Le résultat est qu'il faut plonger le regard à l'intérieur des sombres échoppes pour s'assurer qu'on a bien pénétré dans la ville chinoise, inextricable labyrinthe où se mêlent toitures en forme de pagode, étroites maisons à pignon de « l'Amsterdam du Sud », vieilles bâtisses de style colonial et, sur le bord de canaux aux eaux sales charriant bouteilles vides, cans cabossées, sacs en plastique et détritus en tout genre, d'anciens entrepôts qui menacent à tout instant de s'effondrer. Cette partie de la ville a pris sa revanche sur l'ordre tout nordique qu'on chercha à lui imposer, y substituant un principe d'anarchie efficace à sa manière ; de passages en ruelles, de baraques en marchés, elle attire le promeneur toujours plus avant vers un centre absent, l'égare, le fait tourner sur lui-même, le roule comme galet, le submerge d'impressions et d'effluves inconnus, le laissant sans plus de défense ni de repère, privé de jugement et de son aptitude à comparer, livré, enfin, à d'autres lois.

L'odeur douce et fétide de la pourriture qui, par vagues, recouvre celle des gaz d'échappement. Le parfum des épices et des fleurs en discret contrepoint. Ce mélange.

C'est dans l'une de ces rues semées de déchets, encombrées de voitures et de triporteurs que se dresse l'étrange portique du temple Dharma Jaya. À première vue, les dragons peints de couleurs criardes annonceraient plutôt une fête foraine qu'un lieu de culte construit, qui plus est, en 1652. Aucun doute, pourtant : une fois traversée l'austère petite cour intérieure et passé le seuil du temple, on se trouve enveloppé d'une pénombre chaude où brûlent mille flammèches dans leur lampe à huile et fument, fichés sur de hauts socles, une forêt de bâtonnets d'encens. Si dense est l'atmosphère qu'on distingue à peine les dizaines de dieux et déesses souriant dans leur niche ; les yeux piquent, on avance dans un nuage de fumée ; groupées par familles dans de petites pièces comme autant de chapelles, drapées dans leur lourd manteau de cérémonie, les statues, auprès desquelles les vierges espagnoles semblent vêtues sobrement, s'offrent à l'adoration de quelques pèlerins cherchant ombre et retraite hors du tumulte de la rue. Un guide improvisé nous montre le dieu le plus sollicité de tous, celui devant lequel s'inclinent touristes et marchands de conserve, le dieu de l'argent.

Non loin de là, prouvant que les cultes se mêlent, ou se jouxtent, sans se ressembler le moins du monde dans leur expression, l'église portugaise de Gereya Sion offre l'exemple même du dépouillement protestant. On dit que les Néerlandais la bâtirent en 1790 pour les descendants des esclaves indiens amenés par les marchands portugais. Ils entraient dans cette grande bâtisse blanche et nue, soutenue par six piliers massifs, et trouvaient peut-être une consolation dans la magnificence de la chaire située en plein centre de l'église, derrière le maître-autel, avec ses colonnes baroques et torsadées que recouvrent les volutes dorées d'une vigne peinte. Un luxe inattendu que complètent les chandeliers immenses, avec les longues courbes douces de leurs branches.

Pour couvrir la courte distance du temple à l'église, nous avons pris un triporteur (ou *bajaj*), loin de nous douter de l'épreuve que nous nous imposions. Pour quelques roupies, ces véhicules, qui ont aujourd'hui remplacé les *becak*, emmènent en grappes serrées leur cargaison de passagers. Prestige de la mécanique, puissance du moteur substitué à la démarche des femmes portant sur la tête leur lourd fardeau de denrées. Le démar-

rage à la ficelle rappelle un peu celui des anciens
hors-bord, mais le bruit plutôt celui d'un avion
au décollage, un ajout du reste insignifiant au
vacarme général et aux coups de klaxon inces-
sants. Une fois à l'intérieur du bajaj, on ne peut
pas plus remuer que l'engin lui-même, enserré de
toute part par les voitures à l'arrêt ; la tôle rouillée
frémit, la fumée s'échappe en tourbillons, formant
un écran également réparti dans l'atmosphère ;
prisonniers des parois de fer que chauffe un soleil
blanc, nous étouffons lentement, tel le colonel
anglais interprété par Alec Guiness dans *Le Pont
de la rivière Kwai*, que les Japonais enfermèrent
pour le soumettre dans une cahute toute semblable. Surgissent de temps à autre, à demi voilés
par la gaze grise de la pollution, des fragments de
la rue, visages aux pommettes larges, ballots de
marchandise que l'on décharge, seuils d'échoppes
où trône un commerçant — vision kaléidosco-
pique d'une journée ordinaire en Asie.

L'homme de Java

À un carrefour de Jakarta, dressée comme un point d'exclamation gigantesque au beau milieu de la circulation démente, une statue de la jeunesse rappelle les plus belles heures du réalisme socialiste et de l'influence soviétique : un indigène aux traits larges, poitrail bombé, étiré sur une succession héroïque de muscles, porte à bout de bras un plat rond où brûle la flamme de l'énergie ; peu respectueux de ce symbole, les habitants de Jakarta l'ont surnommée pizza-pie.

Cette humanité triomphante, on va la retrouver non loin de là, mais au moment de sa naissance, réduite à quelques os célèbres entreposés dans une vitrine. Le musée national de Jakarta est un petit bâtiment de facture classique qui ne paie pas de mine, même si l'on y trouve — sous la forme modeste d'une calotte crânienne (pas même un crâne) et d'un os de fémur déformé par la maladie — le témoignage d'une découverte capitale concernant l'espèce humaine. Avant que

l'Afrique orientale ne lui souffle la vedette avec
ses outils datant de 2,5 millions d'années, on put
croire que Java était le berceau de l'humanité ; la
découverte de l'homme de Java confirmait en
tout cas l'hypothèse du « chaînon manquant », la
preuve irréfutable que le singe est bien l'ancêtre
de l'homme.

Eugène Dubois, un professeur hollandais
d'anatomie qui eut la malchance d'entreprendre
des recherches peu après la publication de *L'Origine des espèces* de Darwin, était pourvu d'une idée
fixe qui lui valut bien des malheurs. Il se passion-
nait pour l'homme de Neandertal et la théorie
de l'évolution. À force d'y penser, la conviction
lui vint que le fameux « chaînon manquant » de
Darwin se trouvait à Sumatra où évoluaient tant
d'orangs-outangs. (Aujourd'hui, décimés par les
feux et le déboisement, les orangs-outangs laissent
de nombreux orphelins ; ceux-ci sont recueillis à
Jakarta, dans un zoo privé, par une vieille aristocrate allemande, qui, voyant sans doute en eux de
proches cousins, leur a consacré sa vie.) Dubois,
qui n'avait pas la fortune voulue pour monter une
expédition, abandonna son métier d'enseignant
et se fit engager comme médecin dans l'armée des
Indes néerlandaises. Il espérait se rapprocher ainsi
du lieu de ses rêves. On le posta bien à Sumatra,
mais il ne tarda pas à y attraper « les fièvres ». Le
sort, qui semblait l'accabler, pour une fois lui fut

en fait favorable : transféré à Java, il eut tout le loisir d'explorer la région de Solo et ses gisements de fossiles. Le gouvernement hollandais lui adjoignit même quelques forçats pour l'aider dans ses fouilles.

À cette époque, cependant, le commerce des aphrodisiaques florissait, en particulier avec la Chine. Ces médecines miraculeuses que recherchaient à prix d'or les marchands chinois provenaient d'os finement moulus. Les forçats, qui n'avaient pas le même respect que Dubois pour les fossiles, virent dans les tas d'os qui leur étaient confiés une occasion miraculeuse de faire fortune : il est probable que l'homme de Java, dont ne restent que trois fragments, et bien d'autres individus de son espèce furent broyés et absorbés sous forme de poudre par des Chinois en mal d'amour, enrichissant au passage les bagnards de Java.

En 1891, cependant, la longue ténacité de Dubois fut récompensée : il mit au jour trois morceaux d'un squelette humain : les restes de celui qu'il baptisa *Pithecanthropus erectus*, le « chaînon manquant » entre le singe et l'homme. Son intuition de toujours se vérifiait, le rêve aboutissait. Hélas, c'était compter sans l'Église et la société de ce temps pour qui l'homme, qui fut conçu à l'image de Dieu, ne pouvait, en toute logique, descendre du singe. Ils n'eurent de cesse qu'ils n'aient obtenu de renvoyer l'homme de

Java à l'oubli et, avec lui, son inventeur. Et ils y réussirent, à force d'accusations, d'attaques et de campagnes en tout genre. Dubois poursuivit encore quelque temps son travail, puis, lassé, il abandonna définitivement la paléontologie.

Ainsi s'acheva l'aventure d'Eugène Dubois, rêveur acharné, dont seule eut raison l'impitoyable bonne conscience de l'époque. Il fait partie des utopistes, des savants, des révoltés et des artistes, marginaux de tout poil, inventeurs en rupture de ban avec la société, qui furent attirés par l'île de Java au point d'y inscrire leur destinée — par l'archipel indonésien tout entier où aucun rêve, aucune élucubration de l'esprit, si étrange soit-elle, aucune chimère, aucun fantasme, fût-il issu du délire, ne paraît impossible, ni même surprenant.

Mais l'histoire n'était pas finie. En 1921, d'autres fouilles, à Pékin celles-là, donnèrent enfin raison à Dubois. Elles ressuscitaient *l'Homo erectus* de Java, qui apparut à Sanginan, près des rives du Bengawan Solo, il y a 1,5 million d'années et qui prend place, les étiquettes du Musée national le confirment, entre l'*Homo habilis* et l'*Homo sapiens* archaïque.

Autre précision : l'homme de Java ne connaissait pas le langage, mais il communiquait par sons, il vivait dans des caves et, surtout — cela ne m'est pas indifférent ———, il fut le premier à découvrir l'usage du feu.

Sous la calotte crânienne, qui ressemble à une casquette, le morceau de mâchoire et le fémur, on lit : « L'étude des os et des dents met en évidence la difformité, le meurtre, les blessures, un régime inadéquat, trop riche en sulfure (qui abonde en terrain volcanique), la mort précoce, etc. »

Bali

Denpasar

À l'aéroport de Denpasar, où déjà nous accueille la vision des temples, avec leurs portails ailés, rouges et chantournés, des Balinais en élégants sarongs roses ou verts, le front ceint d'un bandeau, attendent et sourient. Un peu de la mystérieuse séduction qu'exerce l'île s'affiche ainsi — dans l'éclat blanc d'un sourire qui s'adresse à l'existence, au soleil ou aux dieux, plutôt qu'au visiteur moins importun qu'inutile. (Ce dernier est d'ailleurs vite remisé, selon son appartenance ou sa vocation, à Kuta [pour le surf], Sanur [la mer y est plus calme], ou Ubud [la ville du new age], les trois destinations touristiques de Bali.) Parmi eux se glisse un fantôme attardé des années soixante-dix, un hippie décharné, cheveux longs lâchés sur les épaules, dont le buste est entièrement couvert de tatouages, une concession à la mode du jour ; telle une ombre privée d'origine, il traverse la petite foule sans exciter d'intérêt.

Sur les places de Denpasar, la capitale, on ne

voit nulle représentation de chefs de guerre ou
d'hommes politiques célèbres, comme dans notre
lointain Hexagone où leur est accordée une préfé-
rence inexplicable — leurs effigies attendent discrètement le passant à l'ombre d'un arbre, l'allure
martiale, bras raidi et menton levé, le pied tendu
comme pour aller encore de l'avant —, mais des
scènes du *Mahābhārata* qui n'ont rien à voir avec
la modestie verdâtre de ces statues.

Au premier carrefour déjà, on arrive devant un
monument gigantesque, d'un blanc neigeux de
plastique et d'un expressionnisme frénétique. Il
introduit le mythe et le drame en plein cœur
d'un XXᵉ siècle pétaradant et engorgé de voitures.
Ballet de figures virevoltantes, chevaux piaffant,
cabrés, hennissant, crinières ruisselantes, archets
aux yeux exorbités. Gatukaca, le fils de Bima — le
deuxième des cinq frères Pandawa — est aux
prises avec Karna, l'adversaire du grand Arjuna,
lui aussi un Pandawa. À ce moment décisif, la
flèche magique ne l'a pas encore transpercé, qui
devait donner la victoire aux Kurawa, les frères
ennemis, en tuant Arjuna. La circulation s'enroule
autour de la sculpture échevelée sans parvenir à en
réduire le mouvement : livre total, poème, épopée, écrit en sanskrit au début de notre ère et
long comme quinze fois la Bible, le Mahābhārata
continue de répandre son océan d'histoires dans
les grottes et les temples — dans les moindres

anfractuosités de l'île et du cerveau de ses habitants, où seule lui dispute la place l'autre grande
épopée indienne, le *Rāmayāna*. Lors des fêtes
ou des rituels, qui sont nombreux, au centre des
villes, des villages, des places (*alun-alun*) et des
palais, les épisodes en sont joués, dansés et revé-
cus, chaque fois les mêmes, et chaque fois subtilement transformés (le Mahābhārata est le livre
qui dit tout). Mais aujourd'hui on favoriserait
plutôt le Rāmayāna, qui met en scène l'effort
concerté de la communauté tendue vers un même
but : extirper le mal. Avec ses luttes fratricides
au sein d'une même société, le Mahābhārata est
devenu d'une actualité trop brûlante.

Dessinant ses méandres entre les échoppes
et les palmiers, la route défoncée par les pluies
s'avance vers la mer. Un tournant abrupt nous
découvre l'hôtel, ou plutôt sa porte et ses gardiens
de pierre, deux petits démons en sarongs échiquetés ; le reste du bâtiment est dissimulé par
la sombre épaisseur des feuillages. En travers de
l'allée, agenouillée entre les flaques, une très vieille
femme, menue comme un enfant et parée comme
une châsse, fait paisiblement ses offrandes de
fleurs à quelque déesse invisible.

Les prospectus assurent que l'île est l'archétype de la beauté, et les sociologues les mieux considérés qu'elle représente dans notre imagination « une sorte d'Arcadie esthétique ».

Le lieu de rendez-vous des esthètes et des artistes, le point de rencontre de la meilleure société internationale : les années vingt et trente, l'époque de Walter Spies, de Rudolf Bonnet, de Vicki Baum et de Michel Covarrubias...

L'occasion de découvrir le paradis à des prix avantageux : depuis 1970, l'avènement du tourisme de masse...

Au XIXᵉ siècle, le son de cloche est un peu différent : usage de l'opium et décadence, guerres civiles, bûcher pour les veuves, vente des esclaves et, en sus, dans les régions montagneuses, au lieu des fameux seins balinais, le spectacle de goitres horribles et « extrêmement communs ». « On ne rencontre presque pas de femmes qui ne soient déformées par ces excroissances... » écrit Élisée Reclus dans le tome XIV de sa *Nouvelle Géographie universelle*.

Moi je veux bien. Entre la franche réprobation et l'image toute faite d'un paradis pour gogos, je n'ai pas à choisir. De toute manière, il est d'usage de prononcer le mot de beauté, comme celui de paradis, avec cette ombre de mépris qui s'adresse aux dupes d'opinions trop répandues, et donc sus-

pectes, ou à ceux qui s'attachent aux seules apparences.

Je préfère, pour ma part, croire dans ces apparences : comme la légende qu'un être crée autour
de lui (et qui est, selon Oscar Wilde, plus impor-
tante que ce qu'il fait), elles révèlent souvent ce
qu'il y a de plus vrai en nous-mêmes : moins ce
que nous sommes dans nos moments de banalité
que ce que nous nous efforçons d'être, la pointe
émergente de nos désirs. Toujours acharnés à montrer l'envers du décor : la crainte (*lek*, qui serait
l'équivalent de notre trac) ou le défaut — souvent
confondu avec la vérité — qui se dissimulent derrière la façade, les hommes d'études ont cru percevoir à chaque instant de la vie des Balinais la
peur de faillir à un rôle. Mais pourquoi cette peur
serait-elle plus réelle, ou plus profonde, que leur
souci de la beauté (la beauté en tant qu'offrande
chargée de rétablir l'ordre du monde) ?

Il est exact qu'ils ont affaire à une nature si
vivace, voire violente et imprévisible, avec son
goût prononcé de l'outrance et du drame, qu'ils se
tiennent en permanence sur leurs gardes, sachant
bien que cette nature toute-puissante, il leur faut
certes la respecter, mais non lui faire confiance.
Que leur attention se détourne un instant et elle
reprend l'avantage, regagnant l'espace qu'ils lui
avaient soutiré, restaurant la loi éternelle de l'ex-

cès là où, à force de soins et de prudence, ils avaient établi un partage.

D'où le règlement sans faille qui régit leur existence, en même temps, espèrent-ils, que le cosmos où elle s'inscrit. Mais ce rapport avec la nature, de quel droit affirmer qu'il leur pèse ? L'infini des forces naturelles est la perspective dans laquelle ils vivent. C'est à la mer, aux nuages et aux volcans que constamment ils se mesurent ; et ce dialogue avec l'illimité donne à leur vie sa direction, une ampleur et un sens.

Bien malin celui qui, se glissant derrière le sourire d'un Balinais, pourrait dire si ce sourire, fréquent, spontané, amical, cache la fatigue de se soumettre aux rituels complexes de la vie quotidienne ou au contraire la satisfaction d'appartenir à un monde où sa place et son rôle sont si bien définis. Observons tout de même au passage que de tels codes sont intégrés dans la conscience de toute la communauté, pratiqués depuis des générations, et devenus une seconde nature.

L'île est le séjour des magiciens, des démons et des dieux. C'est une pierre d'émeraude remontée de l'océan et qui repose sur le dos large d'une tortue.

La légende le dit : « En méditant, le serpent du monde Antaboga créa la tortue Bedawang sur laquelle reposent deux serpents entrelacés qui sont le fondement de l'univers. »

Dans les hauteurs de la montagne habitent les dieux et dans les creux et les caves se cachent les démons. Située à mi-chemin, participant des deux univers aérien et marin, la partie médiane est réservée à l'homme, division en trois niveaux qui ordonne jusqu'au plus petit espace, hiérarchisé lui aussi selon le plan cosmique : architecture des maisons et des villages, des pavillons et des temples, du corps humain... Djero Gedé Metja-ling, le géant aux crocs pointus qui vit dans l'île dénudée de Nusa Penida, gouverne la bande côtière ; c'est un esprit mauvais, un habitant des frontières, soumis aux vents délétères qui soufflent sur les carrefours, lieux de croisements, sur les forêts et sur les plages. Ainsi les Balinais ne regardent-ils pas, au loin, la mer qui cerne leur île et d'où leur vinrent les invasions, mais vers les sommets, vers les volcans qui la dominent, vers le Gunung Agung qui est le plus élevé d'entre eux et le plus sacré.

Des démons et des dieux

Pour réserver les moments de solitude qui sont si nécessaires, j'étais partie rôder dans la ville aux environs de notre hôtel. Je m'étais éloignée de la route principale où roulaient encore les motocyclettes dans la chaleur infernale. Il faisait pourtant déjà presque nuit. De petites épiceries, les *warung*, ouvertes sur toute la façade, offraient leur bric-à-brac d'objets, bouteilles, bocaux, bidons, sachets et sacs ventrus, et, haut perchée dans un coin, l'image floue et tremblotante de petits écrans de télévision que personne ne songeait à regarder. Un tournant encore ; soudain les lumières, comme les magasins, avaient disparu.

Il n'est pas étonnant que l'île tout entière — depuis le jour où elle est sortie de la mer, on peut sans crainte l'affirmer — s'adonne à la magie. Dès qu'on s'écarte d'une voie centrale, on la sent opérer dans les lieux mêmes cette magie, sans qu'il soit besoin d'intervention extérieure, artifice malin ou cérémonie secrète. Peut-être tient-elle seulement à la densité de la nuit, ou à l'exubérance d'une végétation démesurée, qui en cet instant se repose tapie dans le noir, à cette chaleur qui vous enveloppe, palpable et intime comme une présence invisible. Des sentiers silencieux, tel un labyrinthe enfoui sous les plantes. Une porte close habillée d'un entrelacs de signes et de sculptures contournées, qui garde le mystère d'un jardin dont on imagine la splendeur au seul parfum des fleurs tombées dans la ruelle — pétales blancs et cireux d'un grand frangipanier. De loin en loin, un lumignon, halo de lumière dans l'épaisseur de l'ombre, indique une présence humaine ; nul bruit cependant. Sur le seuil de sa maison, une femme accroupie accomplit les gestes lents et précis des rituels de l'offrande.

En fait d'offrandes, l'île est gâtée. Il n'est pas d'heure de la journée, pas de moment de la vie humaine, pas de date de l'année qui n'ait droit à son lot de prières et de libations. L'air est si bruissant de démons et d'esprits acharnés à se combattre que l'homme a fort à faire pour contenir toutes ces présences inquiètes. Au beau milieu de la bataille, il s'efforce d'établir l'équilibre en calmant les uns et remerciant les autres. L'harmonie spirituelle est toujours à reconquérir et la paix à ramener entre les factions opposées des forces négatives et positives qui pour un oui pour un non se déchaînent : naissance, menstruation, mort dans le village, crime ou même petit larcin, toute occasion leur est bonne pour intervenir dans la vie des habitants et troubler l'accord magique qu'ils avaient obtenu à force de présents.

Voilà pour les esprits malins et perturbateurs qui sèment la zizanie : c'est à l'homme d'avoir raison d'eux. Au-dessus de ces trublions sans envergure, les dieux ont leur vie propre et mènent des affaires d'une autre importance, puisqu'il s'agit de la vie même du cosmos. Hors du remous des disputes, leurs actions s'enchaînent et se complètent, création et destruction entremêlées, ce qui ne signifie nullement qu'ils se désintéressent des activités humaines et que les hommes n'ont pas à se concilier leurs faveurs — comme celles de leurs épouses au reste, qui peuvent jouer un rôle des plus pernicieux, telle Durga, épouse déchue de Siwa, qui règne sur la mort et ceux qui en font commerce.

Incarnée par Siva[1], auquel l'île voue un culte particulier, la destruction, loin d'être purement négative, n'est que la condition du renouveau, l'étape obligatoire vers la renaissance continuelle du monde ; aussi ne peut-on trop se formaliser des grands bouleversements que le dieu dans sa sagesse inflige : il est le fidèle allié de Visnu,

---

1. Brāhma, Visnu et Siva, de la trinité hindouiste, sont à Bali Brahma, Wisnu et Siwa, porteurs de caractères locaux.

conservateur de la vie. À eux deux, sous l'œil bienveillant de Brāhma, ils assurent la bonne marche de l'univers.

Rangda, la sorcière, la veuve sanguinaire et dévoreuse d'enfants, version féminine de Saturne, ou Cronos, mangeant son propre fils, est une vieille femme aux seins pendants, que recouvre entièrement sa longue tignasse blanche ; seuls en émergent ses yeux exorbités et des crocs mena-çants. Dans la légende, son adversaire, Bharada, la tue sous sa forme monstrueuse, puis lui rend la vie et une apparence humaine afin qu'elle expie ses crimes, puis il la tue à nouveau. Mais dans les représentations sacrées, la mise à mort n'a pas lieu : il est inutile d'occire Rangda, incarnation de la nuit et de la mort, du mal et de l'envie ; on est possédé comme le scorpion pique ou comme l'épouse est fidèle. Le Plan du Monde est ainsi fait qu'il faut compter avec le mal, et même le ména-ger. Impossible d'espérer le vaincre. Aussi, plutôt que d'en nier l'existence ou de penser que, mieux instruits, on saura le maîtriser la prochaine fois (« plus jamais ça » entend-on clamer les naïfs), les Balinais ont la sagesse de reconnaître son pouvoir et une virulence toujours neuve. Aux puissances négatives à l'œuvre dans l'univers, à celles qui participent du travail de la mort — haine, aigreur, rapacité, jalousie et autres vilaines démangeai-sons qui viennent plus souvent qu'il ne faut tour-

menter l'homme —, ils ont consacré des temples
où ils se rendent en grande pompe une fois l'an,
espérant ainsi neutraliser les démons qui nous
accompagnent ou nous tiennent. Dans le nord
de l'île, où les temples sont noirs et faits d'une
pierre plus tendre, ouvragée à l'excès, on a voué à
Rangda, l'esprit du mal, un édifice des plus
funèbres, le Pura Dalem de Singaraya. Coiffé
d'herbes folles qui ont envahi les façades, le
masque de la mort, sculpté à des centaines
d'exemplaires, fixe le visiteur de ses yeux affamés.
Dans le ciel vide de midi, sous un soleil meur-
trier, le grouillement de ces têtes grimaçantes,
émergeant à demi de l'obscurité de la pierre avec
un rictus féroce, imprègne les lieux d'une présence subtile.

On ne peut qu'influer sur l'alternance des courants qui, telles les grandes marées, se répandent
et se retirent, avancent et puis reculent, apaiser
les esprits en opposant à la malfaisance un contre-
poids d'équilibre et de beauté : fleurs, fruits,
feuilles et grappes, paniers et plateaux tressés,
pyramides de couleurs sourdes où chante le rouge
brillant d'un hibiscus, œuvres d'art éphémères,
patiemment élaborées et défaites le jour même
— les offrandes. À les composer au long des
heures, à les voir osciller lentement sur la tête des
femmes, savants échafaudages rivalisant d'habi-
leté, puis à les consommer tous ensemble dans les

fêtes au temple, on redresse le monde un instant chancelant, on ramène à la raison le nord, le sud, l'est et l'ouest qui, comme des gamins dissipés, s'étaient mis à jouer aux quatre coins.

Et puis le Barong, Djero Gedé, « roi de la jungle », personnification du soleil et de la lumière — bien qu'il soit un monstre lui aussi — rejoue le drame éternel de cette lutte lors des rituels de transe ; par ses gambades et ses sauts débridés, par sa vitalité bouffonne et ses pitreries, il exorcise les peurs et la mort elle-même, qui recule, tandis que les danseurs tournent sur eux-mêmes en ronflant comme des toupies ou se roulent dans la poussière, appuyant de toute leur force sur le kriss qu'ils ont pointé sur leur poitrine.

Mieux vaut prendre ses précautions et prévenir les maux que de les guérir : les danses, rituels, anniversaires et autres fêtes sacrées qui poussent l'ensemble des villageois en longues files indiennes vers les temples ne suffisent pas toujours à préserver l'harmonie idéale. Quelques moments de distraction et le chaos reprend ses droits, comme la nature sauvage qui envahit l'espace conquis à grand-peine. Il faut donc y ajouter nombre de petites célébrations personnelles, solitaires, appelées à déjouer les manigances du voisin ou les menées des forces dites naturelles. Trois grains de riz déposés sur une portion de feuille de bananier au seuil d'une maison, quelques pétales de fleurs dans une coupelle tressée, sur le muret d'un pont en travers d'un abîme. Trois grains de riz dérisoires, comme les cailloux du Petit Poucet, comme un fragile talisman, face au débordement des rocs et des racines géantes.

Cette offrande, nous l'avons un jour trouvée sur le rebord moussu d'un vieux pont, à Tjampuhan, aux environs d'Ubud. De la route qui franchissait un précipice, nous avions aperçu en contrebas, en pleine forêt tropicale, les toits bruns et les pierres orangées d'un temple au bord d'une rivière. En suivant le cours de l'eau, nous étions parvenus au fond du ravin, à courte distance du temple. Au-dessus du petit panier soigneusement composé, les arbres, pour lesquels n'existent ni vide ni impossible, avaient décidé de se livrer à une démonstration massive de leur puissance. Un banian gigantesque, qui obstruait le ciel et nous cachait le jour, plongeait des racines épaisses comme des cordes dans le gouffre d'une trentaine de mètres qu'il surplombait. L'angle d'accroche à flanc d'abîme, la pluie drue des racines colossales, la hauteur vertigineuse de l'arbre — et la grâce de l'offrande minuscule qui tentait de se concilier — quoi, au juste ?

L'idée d'un ordre qui ne serait pas fixation et mort, mais qui, loin de tout point immobile, naît du conflit opposant les extrêmes — et qui est donc sans cesse à reconquérir —, voilà qui me paraissait la clé d'une véritable sagesse, en lien direct avec la complexité du réel : l'harmonie appartient à ceux qui, à l'écart des tentations de vision partiale et extrémiste (inconnues dans la philosophie de cette île), savent *relier* des réalités d'ordre différent, et même antagonistes, et percevoir la loi générale qui les sous-tend. Avec leurs offrandes permanentes, également distribuées aux bons et aux mauvais esprits, les Balinais l'avaient compris.

Dans les campagnes, chaque famille possède un temple et chaque village non pas un temple, mais trois, officiels ceux-là, dédiés à la Trinité, l'un à Brahma, l'arbitre, le dieu suprême, l'autre à Siwa et à la destruction, le troisième à Wisnu auquel revient la fonction opposée de créer, si bien qu'en traversant l'île on voit plus de temples que de maisons.

Alors que nous roulions dans la campagne sur une route étroite à la tombée de la nuit — moment qu'on nomme à juste titre entre chien et loup, puisque les formes deviennent indistinctes — nous fûmes un jour arrêtés par une vision étrange. Se déployant tel un ruban doré le long de la pente face à notre voiture, une procession avançait, femmes en tête, chargées de plateaux d'offrandes et en grande tenue de cérémonie, puis venaient les hommes tout de soie jaune et de blanc vêtus, portant des palanquins, puis la bête monstrueuse, mi-lion mi-dragon, le Barong, symbole de vie, caparaçonné d'or et de miroirs, puis les musiciens jouant de leurs cymbales et frappant sur des gongs. Ils allaient dans la lumière incertaine du soir déclinant, marchant du même pas, mus, semblait-il, par le rythme sec et monotone des instruments à percussion. Les hautes ombrelles frangées oscillaient au-dessus des têtes. À les voir progresser ainsi, le regard portant loin, comme habités par le même rêve, caravane fabuleuse surgie d'un orient lointain où la reine de Saba rendait visite à Salomon, on avait l'impression que la troupe entière, musiciens, monstre et danseurs, allait s'évanouir avec le reste de jour, se dissiper l'instant d'après comme un mirage. Mais non, ils tournèrent un à un devant nous et s'enfoncèrent dans l'obscurité d'un chemin qui menait au temple.

Une image. De celles qui vous enlèvent soudainement à vous-même. Vous envoûtent. Dans la suite, cette image-là fut renforcée par bien d'autres encore, d'une intensité plus grande, puisqu'il s'agissait de foules considérables et d'un déploiement de magnificence sans précédent, lors

de la cérémonie de Galungen, le 2 août, qui célèbre
la victoire de l'ordre cosmique sur le chaos.

La nuit était tombée sur mes réflexions et sur le
dédale des rues sombres. Je repris le chemin de
l'hôtel. Ce soir-là, nous allions faire une incursion
en pays touristique, au plus loin de la magie de
l'île.

Sanur

À Sanur, le long du bord de mer où nous nous promenons la nuit, les grands hôtels vides, avec leurs rangées de chaises longues, comme pour les malades dans les sanatoriums autrefois, attendent les touristes tristement défectueux. Les troubles politiques les ont chassés. Concession à ce tourisme de masse invisible, ultime et vaine tentative de séduction adressée à des chaises, un orchestre solitaire joue un languissant mélange d'airs des îles et de chanson américaine. Harry Belafonte et Frank Sinatra. Un couple hybride qui soudain rétrécit l'espace, abolit les différences et nous jette pieds et poings liés dans ce même hall d'hôtel impersonnel qui court d'un bout à l'autre de la planète — loin de notre extrémité du monde. Les quatre musiciens portent des chemises hawaïennes ; leur voix domine le chant nocturne et grave des crapauds. Il suffit, heureusement, de quelques pas pour retrouver la nuit. À l'abri des atteintes du mauvais goût international, nous nous félicitons de la discrétion de notre gîte plus modeste qui n'a pour toute distraction, le matin de bonne heure, que les notes grêles et subtilement répétitives du gamelan.

Le lendemain, au retour d'une journée de visite, nous nous rendons à la salle à manger, une sorte de préau ouvert de tous côtés sur l'obscurité et le bruit de la mer. Elle est immense et déserte. À peine sommes-nous assis que débarquent nos quatre musiciens de la veille. Nous plongeons le nez dans nos assiettes. Sans se laisser décourager par notre manque visible d'enthousiasme, ils entonnent bravement les mêmes airs que le soir précédent. Aucun touriste n'arrive, ce sont les risques des mois pluvieux. Contraints et forcés, nous devenons les héros de la soirée. On nous demande les chansons que nous préférons. En l'absence d'indications, mais avisés de notre nationalité par le serveur zélé, les musiciens bêlent maintenant en chœur *Frère Jacques*, puis « J'avais dessiné sur le sable son doux visage qui me souriait / Et j'ai crié, crié : « Aline ! » pour qu'elle revienne… » avec un accent indonésien qui pour un peu donnerait de l'intérêt à la chanson si elle ne comportait pas dix strophes et davantage. Seul un effort de bonne volonté, mêlé au sens du pathétique de la situation, nous permet de cacher notre consternation.

Ce fut notre seul tribut au tourisme de Bali. Le
lendemain, nous partions pour les régions intérieures, Batur, Bratan, Klungkung, Ubud (où nous
devions tout de même trouver quelques touristes), Tampaksiring...

À Kintamani

Cernée par des courants traîtres qui longtemps la protégèrent des envahisseurs, entourée de dangereuses barrières de corail, l'île, pour faire bonne mesure, est dominée, aux quatre points cardinaux, par les hauts sommets de ses volcans. Deux d'entre eux au moins, le Gunung Agung et le Gunung Batur, la maintiennent sur le qui-vive. La pluie diluvienne, les éruptions volcaniques, et les meurtrières coulées de lave. Les habitants savent l'importance de la course des nuages, d'un ciel qui s'assombrit et du vent qui secoue les arbres, d'une rivière qui enfle comme de la terre qui bouge, prélude au désastre.

Pour les vétilles, les blagues malignes des démons inférieurs — telle la maladie et la mort précoce —, la charge magique d'énergie que contient le corps humain peut suffire à en venir à bout, pourvu, bien sûr, qu'on veille à la maintenir intacte, ce qui dépend principalement de la bonne santé spirituelle et morale. Un vieux rajah, transformé par ses exercices en une pile électrique vivante, vous clouait sur place son adversaire d'un seul regard, d'une seule décharge. On voit bien qu'un tel pouvoir n'a pas grand-chose à voir avec le bien ni le mal, étant une question d'accord avec la façon dont tourne le monde. Notons aussi que ce pouvoir possède une double face, un endroit et un envers, et qu'il se retourne aussi facilement qu'une pièce de monnaie : les dieux se font diables, comme la vie se fait mort, l'inverse étant également vrai.

Quant aux catastrophes majeures, raz de marée, tremblements de terre, éruptions volcaniques et autres fantaisies du cosmos, on n'y peut pas grand-chose. Par deux fois, le Gunung Batur se déchaîna. La première, la lave ensevelit le village de Batur et s'arrêta aux portes mêmes du temple. Le signe était clair, les villageois comprirent à demi-mot et restèrent sur les lieux. La seconde, quelque dix ans plus tard (quel crime avaient-ils commis entre-temps ?), le volcan décida de détruire jusqu'au temple.

À Kintamani, au bord de l'ancien cratère, une poignée de femmes acariâtres — sans doute les descendantes de ces villageois obstinés — nous accueille après la longue montée, au sortir de la voiture. Visages plats, peau tirée sur les pommettes, teint de cuivre rouge, elles sont loin d'avoir le charme souriant des Balinaises.

« Sarong, madame ? » « You must have a sarong. »
Les sarongs, nous les avons pourtant. Sacha,
moins combatif ce jour-là, se trouve en un rien
de temps ceinturé de soie jaune. En bas, dans
la plaine, il avait fait une chaleur de four. Ici,
pris dans les nuages qui couronnent le volcan,
nous grelottons. Tirés, poussés, suivis par le
groupe vitupérant des vendeuses, nous attei-
gnons enfin l'enceinte du temple, où elles nous
quittent.

Passé la porte, un silence d'outre-tombe règne.
Nous sommes au pied d'un vaste escalier de pierre.
Au sommet, telle une apparition, deux grandes
ailes sombres nous surplombent, leur extrémité
pointée vers le ciel — deux ombres maléfiques
surgies de *Nosferatu* ou de quelque autre film de
Murnau. C'est le portail du temple de Batur dont
l'écartement ne nous découvre que l'opacité des
nuages. Des nappes de brume trempées de pluie
passent, rapides, le dissimulant parfois à notre
regard : on ne voit plus, au milieu de la vapeur
jaune, que des fragments de la silhouette téné-
breuse.

Le lieu est si inhospitalier, le froid si pénétrant
que nous le quittons bientôt pour longer la crête
et explorer le soulèvement chaotique des volcans.
En plein ciel, comme présentée dans la corbeille
qu'ils auraient creusée pour une race de titans,
l'abondance des rizières : plumets des cocotiers,

plans d'eau mouchetés d'herbe, gamme des verts tendres issus de la lave noire.

Sous la pression monstrueuse, le cratère a littéralement explosé, creusant cet amphithéâtre d'une quinzaine de kilomètres, d'où a surgi un second cratère, plus petit celui-là, mais aussi offensif et encore tout fumant. Sur les bords du lac tranquille qui l'encercle à demi, un village épargné abrite les Bali Aga, les plus anciens habitants de Bali, que cette faveur du destin a convaincus de leur importance et, même, de leur invulnérabilité. Peut-être n'ont-ils pas tort : il paraît que ce sont les descendants légitimes des Pithecanthropus erectus dont on a retrouvé les outils de pierre parmi les ossements plus récents de leurs morts. Dans le cimetière de Trunyan, sur la rive lointaine du lac Batur, les Bali Aga se contentent d'exposer leurs morts au vent, au soleil et à la pluie, rituel archaïque que seul permet l'étrange pouvoir d'un arbre qui se trouve pousser là : il épargne aux villageois la désagréable odeur de la putréfaction.

Le temple-mère

Puis nous reprîmes la route de Besakih.

« Temple-mère », sanctuaire sacré entre tous, Besakih est situé à mi-chemin du ciel, que touche le sommet du Gunung Agung, le volcan le plus puissant de l'île (comme le démontra, récemment encore, une mortelle éruption), considéré par les Balinais comme le Nombril du Monde. Besakih est le séjour favori des esprits et des morts : on ne s'en approche qu'à ses risques et périls.

Né sous d'autres cieux et d'autres lois, le touriste n'a lui rien à craindre, ni à gagner en pénétrant dans l'enceinte révérée. Sa présence est neutre, indifférente, elle n'ajoute ni ne retranche rien à ce qui la dépasse infiniment. Conformément aux règles, il a, tant bien que mal, drapé un sarong sur son short, noué la ceinture traditionnelle autour de sa taille épaissie et, ainsi costumé, armé de sa caméra, coiffé prudemment d'un chapeau dont le rebord mou lui retombe sur le nez, il rappelle un peu les monstres débonnaires à l'entrée des temples, ou les personnages populaires du wayang kulit. Pour peu qu'il soit conscient de son allure, il a du mal à se fondre dans l'austère esprit des lieux — ce complexe de dix-huit temples, haut perchés dans les nuages. Et pourtant, ce qu'il voit est si étrange, et si beau ce rêve de pierre, ces centaines de tours crénelées hérissant le flanc de la montagne, que la conscience de soi qui le sépare de lui-même et de ce qui l'entoure, il va bientôt la perdre.

Les villageois ont eux revêtu leur tenue de fête. Blanc et or, couleurs symboliques, pour les hommes. Mauve, rose, violet, carmin, noir ou vert pour les femmes, qui portent sur la tête les grands paniers d'offrandes.

En une seule longue file de couleurs chantantes, ils gravissent d'un pas égal, dans la lourde chaleur du matin, le dernier kilomètre escarpé qui les sépare du royaume surnaturel des esprits.

Ailes, roues, chars, pitons noirâtres, pointes aiguisées, concrétions de lave : accrochés à la pente, les temples dressent leurs extravagantes dentelures noires vers le ciel. Jusqu'au dernier de tous, le plus élevé, dont on n'approche pas sans ce tremblement lié au sacré. Collé à l'arrière-fond massif de la montagne, son portail est une gueule de dragon qui s'ouvre grand sur le paysage déployé. En son centre, les chaises vides (*padmasana*) de Surya, l'ancien dieu du Soleil, de Wisnu,

Siwa et Brahma : nulle représentation des dieux, mais une présence suggérée.

Les offrandes sont déposées sur les autels. Les femmes parlent et rient entre elles. Le gamelan se prépare, avec ses musiciens en sarongs rouges et vestes blanches qui mettent la dernière main à leur costume. La danse va commencer.

En quelques minutes, on est ensorcelé.

La beauté, outre tous ses avantages, a encore celui-là : elle nous arrache à nous-mêmes par la surprise et le plaisir qu'elle nous dispense, parfois sous forme de choc. La beauté ne renvoie à rien, elle ne parle pas de moi — elle *est*, c'est tout, comme le plein, par opposition au vide, comme une présence absolue qui se suffit et s'impose. Hors du doute et du malaise, je puis m'absorber en elle et m'y tenir : la beauté est plénitude d'existence, certitude qui n'a nul besoin de m'inclure. Et cette certitude où je disparais me donne une joie sans mesure — joie qui tient peut-être aussi, tout simplement, à la liberté d'avoir quitté mes limites habituelles (un peu une prison, si l'on y songe) et que ressentent avec intensité ceux qui, absorbés par un spectacle, savent se faire transparents et n'être plus que regard : être, sans plus de distance ni de séparation, être tout entier présents dans ce que nous voyons. (Tandis que certaine intrusion de la vulgarité nous ramène à nous-mêmes et à nos mesquins réflexes d'irritation, raison pour laquelle on a bien du mal à se concentrer devant la vision d'un temple grec tant que circulent dans cet espace restreint — c'est bien ainsi, là n'est pas la question — des foules bruyantes, tout ventre dehors, portant le short au ras des fesses et le tee-shirt qui bâille, l'Occident débraillé et sans gêne des vacanciers, en tout point opposé aux règles de vie orientales. « La beauté sera irritante ou ne sera pas », me disait un ami, qui savait pourtant se réjouir du plaisir des autres, au retour d'un voyage à Florence où il s'était trouvé devant le tombeau des Médicis en compagnie de hordes d'écoliers déchaînés.)

Ce monde-là existe, même s'il semble appartenir au merveilleux, pensai-je en regardant la procession des femmes chargées d'offrandes et cheminant vers le temple : ces longues silhouettes aux hanches minces, à la démarche lente, ces couleurs qui conspirent et se répondent dans la lumière du jour — l'île qui ne ressemble à rien de ce que j'ai vu ni imaginé.

Sur le bord de la route, un vieillard au visage sculpté de bois sombre, lisse comme un masque, le front ceint d'un bandeau écarlate. Une femme immobile, un enfant sur la hanche, debout contre un arbre. Drapé de safran, un buste d'homme qui s'encadre dans le noir d'une fenêtre.

Qu'ils travaillent ou soient au repos, restent assis devant leurs étals, le long d'un fossé, ou accroupis sous une hutte comme des échassiers aux pattes maigres, qu'ils fassent le geste de l'offrande, mains jointes au-dessus de la tête, ou se tiennent debout sur la couronne d'un palmier encore toute vibrante d'avoir été coupée, les Balinais ont une grâce parfaite. Walter Spies, un peintre allemand des années vingt, qui les aima au point de tout quitter pour s'installer parmi eux, attribuait cette justesse, l'impression de nécessité qu'éveille le moindre de leurs mouvements, à l'accord qu'ils vivent avec la nature : « C'est, bien sûr, la chose la plus naturelle du monde, et c'est pourtant la plus étrange et la plus rare, puisque nous avons perdu l'art de vivre dans un paysage sans le détruire. Nous avons perdu l'art d'en être partie intégrante, comme le sont avec élégance les fleurs et les animaux. Tout à Bali est riche, intriqué, complexe, élaboré et, en même temps, simple. »

Simplicité. Retour à un âge d'or qui, ici, ne se serait jamais perdu. L'ombre de D. H. Lawrence plane sur Bali où il n'a pourtant jamais été, lui qui défendit avec véhémence l'idée que le corps et l'esprit sont un, et indivisibles du cosmos. « L'énergie de l'individu passe par le filtre de son corps, en une répartition parfaite » écrit encore Spies.

Point immobile au centre de l'univers, l'île aurait reçu le don de jeunesse éternelle tandis que tout autour le monde vieillissait. Ou bien cette jeunesse tiendrait-elle à la vigilance et à l'imagination ?

Je m'explique. La terre et l'homme sont gouvernés par les mêmes forces — pluie, vent, soleil, chaleur et tremblements — qui agitent les volcans et les désirs humains, c'est tout un. À sentir leur influence à chaque instant du jour, à en exprimer les rythmes et vibrations dans la marche et la danse, dans la musique, le travail et le mouvement, on sait bien que le monde et nous, pour le meilleur et pour le pire, nous sommes liés, que le dedans et le dehors, loin d'être isolés en des systèmes différents, participent des mêmes lois — création et destruction mêlées — et que la nature tout autour et en dedans requiert, si l'on veut conserver son aplomb, un travail qui n'a pas de fin. Coïncidence du corps et de la nature, sentiment religieux d'appartenance au monde.

On peut toujours épiloguer. Constater qu'on est tombé à pieds joints dans la légende. Que l'harmonie est peut-être avant tout dans l'œil du spectateur (cela, je ne le pense pas) et que la réalité, comme le croient les Balinais, a plus d'un tour dans son sac. Et puis après ? Quels qu'en soient les raisons et les aspects cachés, toute cette beauté est là, indéniable, je peux en témoigner.

Et les castes, me direz-vous, le système des castes hindouiste ? Il jette tout de même une ombre de suspicion sur toute cette belle harmonie balinaise. Il fixe les gens à un niveau social déterminé, celui où ils sont nés, il les emprisonne à vie.

Ce n'est pas tout à fait vrai — pas du tout, peut-être. Le système de classe anglais, subtilement discriminatoire, même si on le dit moribond, est autrement plus contraignant que les quatre malheureuses castes balinaises : tout le monde ou presque, c'est-à-dire 90 % de la population, appartient à la quatrième, la caste des *sudra* (qui signifie paysans, artisans). Les trois autres : *brahmana* pour les savants et les religieux, *satria* pour les princes et rois, *wésia* pour ceux qui les servent, n'impliquent aucun privilège à vie, seule une forme de reconnaissance pour la lignée familiale et sa permanence.

Car on peut progresser dans la société, changer de métier ou se marier entre castes différentes — sans toutefois perdre la marque de son origine. Pas plus qu'on ne perd le souvenir de son père, de son grand-père et de tous ceux qui l'ont précédé, continuité d'où les Balinais semblent tirer, si étonnant que cela paraisse à nos esprits épris d'égalité, non seulement de la fierté, mais le sentiment rassurant d'être inscrit, par leur ascendance, dans le groupe, dans la société et dans le monde — en harmonie (justement) avec la bonne marche des choses. Aucun vide effarant, aucun flottement interstellaire, aucun effort éperdu pour se définir dans une société qui ne se soucie pas de vous, puis patiemment, d'échelon en échelon, s'y hausser — mais une place réservée de tout temps, dont la plupart semblent s'accommoder, si l'on en croit les apparences.

À Besakih, où un guide improvisé nous avait entrepris, jugeant que nous avions besoin de surveillance et d'explication, la clé de cette attitude nous a été fournie par la fermeté tranquille avec laquelle notre homme, à la fois aimable et taciturne comme les Balinais savent l'être, a répondu à nos questions indiscrètes.

— Je suis un sudra, nous a-t-il déclaré, et mon père l'est aussi, et son père avant lui, et mon fils le sera, tout comme la majorité de la population.

— Et ce système de castes… vous convient ?

— Mais oui, la société marche bien comme ça, je suis comme mon grand-père et son grand-père avant lui et son grand-père encore avant…

L'énumération continuait, nous avions maintenant compris.

— Et la différence entre les castes est indiquée de quelle façon ?

Il marqua un moment d'hésitation — trop de subtilités à expliquer à des étrangers curieux et cela dans un anglais défaillant — puis nous dit que c'était une question de langue. Le langage change selon qu'on s'adresse à un brahmana ou à un autre sudra ; celui-là répondra lui aussi dans la langue appropriée, ainsi se croisent en deux répliques le noble et l'ordinaire, niveaux opposés et nuances byzantines, chacun s'efforçant de rejoindre l'autre, ou au contraire de préserver une différence, au moyen de mots qui eux aussi possèdent appartenance et origine. Il est tout de même à noter que les partis en présence savent tous deux manier plusieurs langues à l'intérieur d'une seule. Et pour savoir quel langage adopter, personne n'aura l'insigne vulgarité de demander : « Que faites-vous dans la vie ? », mais simplement, et plus précisément : « Où êtes-vous assis ? », un peu plus haut ou un peu plus bas ?

Klungkung et les puputan

Avant tous nos comptoirs, nos tueries, nos rapines, Klungkung n'était qu'un tout petit royaume, mais le plus important de l'île, qui comptait pourtant de nombreux princes. Tous les autres royaumes lui étaient soumis ; on dit même que son roi, le Dewa Agung ou « dieu suprême », descendait en ligne directe de l'illustre famille des Majapahit (quoique d'aucuns prétendent qu'il naquit des amours d'une nymphe et d'une statue de pierre du dieu Brahma). Les Majapahit régnèrent sur l'est de Java du XIIIe au XVIe siècle, jusqu'au jour où l'islam, fraîchement débarqué[1] sous l'espèce de commerçants indiens prosélytes, mais bientôt guerroyant, réussit à les en chasser pour toujours. La cour hindouiste et sa suite, les prêtres, artistes et artisans trouvèrent refuge auprès du Dewa Agung et, animés par l'esprit

---

1. Comparativement à l'hindouisme et au bouddhisme, tout étant relatif.

créatif de Bali, construisirent le superbe palais de Klungkung.

Nous avions arrêté la voiture sur une petite place commerçante devant l'ancien palais dont les guides chantent à qui mieux mieux la délicatesse et les fastes, et dont aujourd'hui ne reste rien — rien que le fragile pavillon du Taman Gili, posé sur son bassin d'eau dormante comme un grand nénuphar, oublié par la ville moderne qui bourdonne tout autour. Le roi et sa garde avaient coutume de s'y retirer pour méditer et conférer, profitant de la vision purificatrice de l'eau verte où poussent des centaines de fleurs vernissées.

Le souverain aurait levé la tête (comme nous, pauvres touristes appliqués à notre travail malgré le soleil impitoyable de l'après-midi) qu'un peu du calme dispensé par l'étang se serait envolé : là-haut, sur le plafond, règne l'agitation la plus folle, les figures minuscules se poussent, se pressent, se bousculent et s'enfuient, visiblement sous le coup d'une affreuse panique : elles sont poursuivies par une meute de féroces démons auprès desquels Satan et ses légions ont l'air d'aimables plaisantins, certains les ont même rattrapées : trois têtes émergent d'un chaudron bouillonnant sous lequel des monstres rigolards attisent un feu d'enfer, d'autres sont occupés à écarter les jambes d'une femme pour fourrer là un bâton enflammé, un homard aux pinces plus grandes que des mâchoires attrape un sein et le tord, tandis qu'un autre tortionnaire, humain celui-là, brandit une épée au-dessus de la victime, un couple, qui ressemble à s'y méprendre à Adam et Ève, se hâte sous un déluge de flèches... la scie, l'épieu, la lance, le feu et toute la horde des animaux sauvages pour châtier les méchants et les incapables (les femmes stériles sont éternellement tétées par des serpents prospères et grassouillets). Incroyables bandes dessinées qui perturbent le plafond de la danse de leurs rouges, de leurs bruns et de leurs ors, troublant sans nul doute la songerie du roi qui devait tout de même se sentir concerné, lui aussi,

Mieux avisés, les Hollandais surent exploiter ces peintures et introduire de l'action et de l'utile là où régnait, selon eux, un repos douteux, proche de la rêverie. Du « pavillon flottant », ils firent une cour de justice et du Bale Kambang, l'édifice attenant, une salle où patientaient les familles des accusés. Passèrent-ils en jugement eux aussi pour les crimes qu'ils commirent à Bali, tous les plaignants de l'île s'étant rassemblés autour du Bale Kambang dont les murs légers, rongés d'humidité, n'ont pas suffi à les contenir ?

Dans le petit musée, une seule toile, mais éloquente : elle représente les Hollandais munis de fusils modernes et tirant sur la foule des Balinais armés de leurs seuls kriss et lances, « humbles armes, annonce un panneau, qui ne leur servirent qu'à mourir dignement ». Parmi les photos des personnages considérables de Klungkung, celle d'une fillette arrogante et résolue, qui portait haut la tête et se gardait bien de sourire : une fille de prince décidée à mourir « dignement » et qui mourut en effet au mois d'avril 1908, lors du suicide collectif de Klungkung et de sa cour, appelé « la grande fin » ou encore *puputan raya* ; avec elle tomba le dernier royaume balinais indépendant.

Le puputan de Klungkung, comme, plus tôt, celui de Badung, enfiévra l'imagination des peintres et romanciers européens. Sans doute les Balinais n'acceptaient-ils pas la domination hollandaise, mais quelle force avait bien pu les pousser à mourir ensemble, mieux : à vouloir cette mort, et à la préparer selon le rituel le plus minutieux, pour en laisser l'accomplissement à des barbares blancs qui ne surent faire du dernier acte qu'un carnage, et puis un autre encore ?

Le jour du massacre, le roi, les princes et leur suite s'étaient parés comme pour une fête et munis de leur plus beau kriss ; ils étaient habillés de rouge et de noir, tandis que les femmes arboraient une longue écharpe blanche. Les enfants eux aussi avaient une arme, afin de mourir dignement, sauf ceux qui ne pouvaient pas marcher bien sûr, et que leurs mères portaient dans leurs bras. Parvenus à une centaine de mètres des fusils hollandais, ils s'élancèrent en courant, un groupe après l'autre, plus de mille. «Nos troupes ne pouvaient hésiter plus longtemps» écrivent les chroniqueurs. Donc elles firent feu.

«Tandis que ceux qui étaient encore en vie continuaient leur assaut et que nos hommes entretenaient un tir nourri, les blessés légers achevaient les blessés graves. Les femmes découvraient leur poitrine pour l'offrir aux balles ou leur dos pour qu'on les poignardât entre les omoplates.

Et lorsque nous touchions les Balinais qui frappaient les leurs, d'autres se dressaient — hommes et femmes — pour continuer leur tâche sanglante.

Beaucoup se suicidèrent... Des vieillards évoluaient parmi les cadavres épars et frappaient çà et là les blessés jusqu'à ce qu'ils fussent eux-mêmes tués par balles. Rien de tout cela ne put être évité. Sans cesse d'autres personnes surgissaient pour continuer cette œuvre de destruction [1]. »

Bref, les Hollandais ne savaient plus s'ils tiraient pour tuer ou pour éviter que l'on tue. Tel était leur désarroi.

---

1. H. M. Van Weede, *Indische Reiseerinnerungen*, 1908, cité dans Bali, guides Gallimard.

Mais avant même le Bale Kerta Gosa, postées
de chaque côté de la grille d'entrée, deux statues
gardiennes signalent un autre danger, plus récent
celui-là, et plus insidieux. À la place des démons
habituels, comme inspiré par une prémonition,
l'artiste balinais a sculpté deux petits hommes
barbus. L'un d'eux, coiffé d'un chapeau haut de
forme, a visiblement un faciès européen, avec son
nez protubérant et ses yeux ronds. La bouche
cupide, le cou tendu vers l'avant, la main qui
compte ses sous, il est l'image même de la rapacité, une sorte de caricature du capitalisme usu-
rier, préfiguration de ces promoteurs et financiers
qui achètent la précieuse terre balinaise dont
chaque pouce est cultivé, pour y construire des
villas somptueuses qu'ils louent ou revendent à
prix d'or, une menace parmi bien d'autres pesant
sur l'île.

De Denpasar à Batukau

Du fait de la brièveté de son séjour, le touriste est condamné à passer dans les lieux, non à y rester comme il le souhaiterait, tentant chaque fois d'en capter l'esprit, d'en retenir l'essentiel sous forme d'une boulette bien dense de souvenirs — pareille à celles dont le rongeur fait provision pour l'hiver. Il y reviendra lui aussi en période de disette ou de pénurie : panne de rêve, d'imagination, d'amour ou d'énergie, que sais-je ? Les causes ne manquent pas. Cette rapidité signifie-t-elle que ses impressions sont fragmentaires, superficielles ? Pas nécessairement. Chacun a pu le constater, en voyage le temps se dilate jusqu'à n'avoir aucun rapport avec notre temps habituel, il prend un autre sens, et notre sensibilité, une nouvelle acuité. La vieille histoire de l'habitude comme une taie sur les yeux...

Et puis, pour peu que le voyageur soit prêt à quelques mouvements intérieurs d'assouplissement, les éléments nouveaux peuvent s'implanter en lui de façon durable et, quand au retour il sera repris par ses préoccupations et son mode de vie habituels, lui signaler, tel un feu qui clignote, qu'il faut continuer, s'exercer encore, poursuivre sa route et les intuitions qu'en des instants de disponibilité il a su accueillir.

L'intensité avec laquelle un voyage s'inscrit en nous… On croit qu'on va faire un voyage, mais bientôt c'est lui qui vous fait, a dit, me semble-t-il, Nicolas Bouvier. À quoi bon voyager, en effet, si chaque fois l'on n'espère pas avoir changé — changé un peu, s'être un peu détaché de ce qui d'habitude nous requiert trop ? « Un pas vers le moins est un pas vers le mieux. » Bouvier, encore. Le voyage lui fut une sorte d'ascèse au bout de laquelle il pensait, voulait acquérir assez de transparence pour faire voir ce qu'il avait vu.

Cet objectif-là s'ajoute au premier : révéler au lecteur un parcours dont on reste ébloui, des gens qu'on a aimés et continue d'aimer, des paysages qui vous gonflent le cœur de tendresse. Voir, ce qui n'est pas une mince affaire : il s'agit en quelque sorte de s'absorber dans l'objet regardé au point de disparaître en lui. Et donner à voir, si l'on peut.

Jour après jour nous avancions dans l'île. Parfois Sacha s'arrêtait pour prendre des photos qui serviraient de base à ses dessins, et moi pour noter

des détails et des impressions si nombreuses que
je craignais de les voir s'évaporer.

De Denpasar à Batukau, le volcan au nord de
l'île, la route grimpe raide à vous donner le ver-
tige. Au moment où nous la gravissons, elle est
ravinée par la pluie. Une heure auparavant, les
nuages noirs ont crevé et un déluge d'eau s'est
déversé sur nos têtes, noyant jusqu'à l'horizon la
marqueterie des rizières. Nous nous arrêtons pour
déjeuner au moment où l'averse commence
à donner des signes de fatigue. Nichée à flanc de
colline au-dessus des plans d'eau réguliers, une
hutte de bambou perchée sur pilotis et entourée
de sa galerie attendait visiblement notre passage.
On y accède par un pont suspendu qui, l'espace
d'un moment, nous fait regretter de n'avoir pas
connu la jeunesse de Tarzan. À l'intérieur, assises
à une longue table de bois, deux jeunes filles font
leurs devoirs d'anglais. Une rangée de vélos flam-
bant neufs attend le touriste absent (mais quel
fou masochiste voudrait s'attaquer aux pentes du
Batukau ?). En voyant surgir de l'orage ces deux
épouvantails effarés, les filles s'interrompent et se
mettent à rire. L'une d'elles a des boucles noires
et de belles lèvres peintes ; avec leurs trois mots
d'anglais, elles semblent désireuses d'engager la
conversation. Les questions habituelles : « D'où
venez-vous, de quel pays, connaissiez-vous Bali ? »
La France, non, même en cherchant bien, le mot

ne leur dit rien, trop petit, trop loin, mais Paris, peut-être ? ah, oui, la tour Eiffel... Non, elles n'ont pas envie d'y aller, à vrai dire elles n'y pensent même pas. Un voyage ? Cela ne fait pas partie de ce qu'elles peuvent imaginer, une expérience qui n'appartient pas au domaine du possible, elles sont aussi incapables de penser 10 000 francs que nous 1 milliard de dollars, ces sommes-là se perdent dans les nuages. Faute de représentation, la richesse ici n'est pas mythifiée.

À nous aussi, Paris semble lointain, un simple mot, aussi léger qu'une fumée, aussi vite dissipé, tellement moins réel, à présent, que la lourde feuille de bananier où glissent les gouttes de pluie. Que font-elles toute la journée dans ce restaurant vide au milieu des rizières ? Elles attendent, elles travaillent, c'est leur vie.

Un quart d'heure plus tard, elles nous apportent des brochettes grésillantes et fumantes de *sate ayam* sur un porcelet de terre cuite où rougeoie de la braise. Dehors, l'eau descend de la montagne dans un grondement de torrent ; elle se ramifie un peu au-dessous de notre hutte en un système complexe de canaux qui cascadent de terrasse en terrasse, irriguant les plants de riz jusqu'au bas de la pente.

L'eau. Une religion de l'eau. Partout dans l'île, on la voit et l'entend — eau noire, sans fond, des lacs volcaniques ; miroirs étagés des rizières qui

réfléchissent le ciel et se piquettent de vert émeraude ; eau claire qui dégringole furieusement
des volcans ; eau stagnante des étangs de lotus,
jets des fontaines dans l'ombre des palais ; eau
lustrale des sources sacrées que l'on voit sourdre
du sol en bulles monstrueuses et que recueillent
les villageois pour leurs rites au temple... Le
bruit de l'eau qui coule accompagne chaque heure
de la journée. Sa musique n'est pas si différente de
celle du gamelan, dont Debussy (qui l'entendit à
l'Exposition universelle de 1889) a d'ailleurs dit
qu'elle n'était comparable qu'à deux choses : « La
lueur de la lune et l'eau vagabonde. Elle est pure
et mystérieuse comme la lueur de la lune et toujours changeante comme l'eau vagabonde. » Le
gamelan, nous l'écoutions tard dans la nuit, à
Ubud, assis au pied d'un arbre dans le palais
Sakawati ; il nous semblait concentrer dans ses
notes fluettes et étranges toute la magie de l'île,
et nous tentions vainement d'en discerner les
mouvements — une base sur laquelle fluctue la
mélodie —, de comprendre pourquoi ses varia-
tions complexes et toujours semblables produisaient sur nous un tel effet d'hypnose ; c'était
comme si sa musique rassemblait sous forme
d'un rythme répétitif, où s'introduisaient mille
nuances ténues, les voix des arbres et des plantes.

Il me faut ici compléter la définition de
Debussy, qui n'est pas allé à Bali, par celle de

Spies, un musicien lui aussi, qui étudia ces orchestres à percussion et, même, parvint à reproduire leurs gammes au piano : «On a le sentiment en l'écoutant qu'une partie de la luxuriance et de la profondeur du paysage balinais vibre dans la résonance du métal et du bambou par l'effet d'un accord si subtil qu'il est devenu rythme. »

Ce jour-là, la pluie qui ne cessait pas m'avait fait penser aux notes du gamelan — gouttes isolées qui résonnent et rebondissent, régulières, opiniâtres.

Nous étions arrivés à mi-pente de la montagne, à l'endroit où fut élevé l'un des temples les plus importants de l'île, le Pura Luhur. Une trouée en pleine forêt tropicale, un terre-plein pour des voitures absentes, mais de temple aucune trace. Nous nous sommes dirigés vers une cahute où trois Balinais, mis en joie par le spectacle comique et rare de touristes, rient à qui mieux mieux en préparant les billets. Sous leur regard attentif, je lis le grand panneau d'avertissement :

Ceux à qui il est interdit d'entrer dans le temple

— les femmes enceintes (mais les Balinais, soucieux de politesse, disent « les dames ») ;

— les femmes dont les enfants n'ont pas leur première dent ;

— les enfants dont les dents de lait ne sont pas tombées ;

— les femmes qui ont leurs règles (là encore « les dames ») ;

— ceux qui sont impurs car la mort est dans leur famille ;

— les femmes folles / les hommes fous ;

— ceux qui ne sont pas correctement habillés.

Enfin : « Ceux qui pénètrent dans le temple doivent en maintenir la propreté. »

Ces recommandations s'expliquent très bien. Fatigués, préoccupés, perturbés par le souci ou écrasés par le chagrin (en cas de mort), les gens sont comme absents d'eux-mêmes et leur esprit n'est pas assez libre pour se consacrer aux rituels de l'offrande. En outre, leur trouble intérieur impressionne le groupe à la façon d'une influence négative. Or il ne s'agit de rien de moins qu'opposer un front uni et fort — une charge électrique d'une puissance maximale — aux mauvais esprits qui ont tôt fait de profiter de la moindre faiblesse ou faille par où s'infiltrer. Tout rituel est une manière de rendre grâce aux dieux et d'en reconnaître l'existence, mais aussi de se prémunir contre leur pouvoir effrayant.

Nous voilà prévenus. Enveloppés de nos sarongs, ceinturés de l'écharpe jaune qui maintient l'agitation sous la taille, dans le bas du corps, l'esprit clair, en principe, autant que le

permettent la chaleur écrasante et la pluie qui
nous aveugle, nous avançons dans la direction
indiquée.

Face à la jungle dans la lumière d'orage, au sommet d'une volée de marches, les deux ailes noires
étendues d'un porche de lave — dernier reste d'une
ville engloutie. Pourtant non, il ne s'agit pas
d'une ouverture sur le monde humain, aucune ville
ne se cache à l'arrière-plan du domaine enchanté,
plongé dans son lourd sommeil végétal : seule
apparaît par l'espace entrebâillé des battants de
pierre sombre l'épaisseur verte de la forêt. Puis,
plus loin encore, dressées droit dans l'axe au-dessus
de la ligne des arbres, comme dessinées d'un trait
lourd de charbon, les pentes abruptes et symé-
triques du volcan Batukau. Seuil, porte, passage,
entrée, signe symbolique tracé en lisière des
mondes, le portail comme une transition, un trait
d'union qui les sépare et les relie.

Nous le passons et découvrons le temple, avec
ses nombreux méru[1] chapeautés de brunes feuilles
de palmiers.

Devant l'un d'eux, sous la pluie, un petit
groupe de célébrants s'est réuni en robe de fête.
Des prêtres en sarong doré psalmodient. Une

1. Autel à toits en pagodes, pour les divinités de la nature.

femme dépose son offrande au pied d'un banian sacré et s'en revient s'asseoir parmi les autres. Le prêtre le plus âgé, celui qui est vêtu tout de blanc, s'approche des fidèles qui attendent, immobiles, et les asperge libéralement d'eau lustrale au moyen d'un bouquet de fleurs de frangipanier. Ils s'en frottent lentement le visage, puis se passent les mains sur la tête, à plusieurs reprises, méthodiquement.

Tout cela tranquille, sans façon, entre soi. Ils ne semblent pas avoir remarqué notre présence.

Non loin de là, sur une île au milieu d'un lac qu'assombrit la densité des arbres, on a dressé un petit autel ; paré d'étoffe jaune et entouré de ses ombrelles protectrices, il abrite la présence invisible d'un dieu.

Tanah Lot

De la montagne au bord de mer, du temple de Luhur à celui de Tanah Lot, la route serpente entre forêts et rizières. Un paysage de creux verdoyants et de sommets perdus dans les nuages. Espace sauvage, inextricable, où l'on a sculpté sans relâche ces plans d'eau calmes et réguliers, arrondis et brillants comme les écailles d'argent sur le dos d'un poisson, et bordés d'étroits liserés d'herbe que longe de loin en loin la silhouette mince d'un paysan.

Puis les villages qu'on traverse, et les temples ; et, sur les bas-côtés de la route, la profusion d'un vert où flambent les rouges, les carmins et les ors. Pointes, flèches, spirales, aigrettes de duvet rose, lances fourrées de violet, fleurs, grappes, cônes, ombrelles, dards et éperons — les propositions sont inépuisables. La pierre orangée des temples, que décore et ronge une mousse fluorescente, émerge de ce fouillis de formes auquel elle emprunte ses découpes capricieuses et son inspi-

ration. Contournée, dentelée, crêtée et griffue,
elle semble n'être qu'une concrétion de la nature,
dont elle donnerait à voir un arrière-plan d'ordinaire invisible : cet aspect caché qui ressemble aux
craintes et aux désirs des hommes, aux rêves et
aux images ramenés du fond des âges ou remon-
tés de l'enfance, suggérés par l'inconscient qui
affleure, monstres et gnomes, animaux fabuleux,
serpents coiffés de tiares ou dragons secourables,
et tout un envol d'ailes et de plumes qui pointent
vers le ciel, annonçant la double appartenance
— terre et ciel, profane et sacré —, et les hautes
portes étirées dans l'espace, allongées d'impossible
façon, surgissant d'entre les arbres tel le rappel du
passage toujours ouvert d'un monde à l'autre.
Présence constante du merveilleux. Finalement,
ce qui constitue l'essentiel de l'existence, ce n'est
peut-être ni la famille, ni la carrière, ni l'idée
qu'on a de soi, ni celle que les autres ont de nous,
mais cette aptitude à sortir de l'enclos du fini, à
dépasser les limites de la vision ordinaire pour
que s'ouvrent sans fin percées et lignes de fuite,
pour que soit rendue à l'instant qui passe sa
charge de vie et de mystère.

Dans l'île où les dieux sont encore vivants, il
est là, partout présent, ce mystère ; à regarder
autour de soi les formes issues de l'imaginaire
religieux, pas une minute on ne peut l'oublier. Et
ces formes, loin d'être les témoins de quelque

passé à demi enfoui, c'est-à-dire mortes, vides de sens, comme ces ruines nostalgiques laissées par les civilisations disparues, sont à n'en pas douter toujours *vivantes*, signifiantes et honorées, les offrandes le prouvent. Statues, paysages et temples attestent d'une vision imaginative, au sens où le poète anglais William Blake entendait imagination, faculté par laquelle nous accédons, selon lui, à un univers illimité.

Tanah Lot est une excroissance née de la roche : on y a planté, dernière finition, simple ajout qui souligne la perfection de l'ensemble, de petits méru bruns, avec leurs toits étagés en forme de pagode. Perché sur son îlot rocheux que battent les vagues, il est rond comme un champignon, solitaire, ramassé sur lui-même. Une position qu'exige sans doute sa lutte sans merci contre les assauts de la mer et les dieux mauvais qui s'y cachent : ils ont creusé son socle de centaines de grottes aux formes étranges et de piliers contrefaits. Des grappes de végétation le recouvrent, ondoyant en une longue chevelure que pourrait saisir Basuki, le dieu-serpent, ou quelque monstre marin pour se hisser dans la place.

Posé sur le sombre et profond lac Bratan, au sommet d'un cratère, le Pura Ulun Danu profite du calme des lieux et de la protection d'une déesse

bienfaisante — une chance que n'a pas celui de
Tanah Lot dans ses eaux turbulentes. Il n'est
d'ailleurs que de comparer leur architecture pour
comprendre leurs vocations différentes : l'un
compact, tassé, en position de combat et isolé
parmi les vagues : l'image même de l'audace face
à l'immensité ; l'autre dentelé, ajouré, découpé,
de sorte que les éléments y circulent : l'eau, l'air,
le vent, l'espace l'habitent ou plutôt le temple les
inclut, les accueille entre ses pitons de pierre et
les toits sages de ses méru. Il est paisible, solitaire
lui aussi, et sa sérénité n'est pas faite de repli mais
d'ouverture. Nous l'avions contemplé quelques
jours plus tôt ; devant la mer agitée, son image si
tranquille nous revenait.

Nous nous sommes assis à l'extrême pointe de
la falaise pour voir le temple de Tanah Lot dans
tout son brave isolement. Sur ce rebord étroit,
nous pensions être tranquilles. C'était trop d'optimisme. Une touriste trouve moyen de s'y glisser et se plante droit devant nous pour prendre
ses photos. Elle est rousse et vilaine (ce n'est pas
sa faute) ; son large arrière-train s'interpose très
précisément entre notre regard et le panorama
sublime, en fait il nous bloque entièrement la
vue (c'est sa faute). La tentation nous vient, fugitive mais forte, de renouer avec les rites d'autre-

fois et de faire un sacrifice aux dieux de la mer.
Une petite poussée, une seule. Finalement, Sacha
se contente de quelques fortes paroles dont le ton
semble faire plus d'effet que le sens : avec
l'aplomb des gens sûrs de leur bon droit, elle
réplique dans son meilleur anglais (ou américain,
ou australien…) : « Tout le monde a bien le droit
de photographier, non ? C'est une aire touristique
ici. » Une aire touristique, comme on dirait une
aire de jeux, ou une aire commerciale… quadrill-
lage de l'espace, visions d'autoroutes et de par-
kings, de grandes surfaces et de consommation
massive, planifiée, organisée par une publicité
toute-puissante. L'Occident efficace aux réflexes
programmés, contre l'Asie millénaire. Liquidée
la notion de sacré, chassés les démons et les dieux
et l'infini de leur présence subtile. Nous voilà
ramenés à une division fonctionnelle des lieux,
chaque chose à sa place, parquée en toute sécurité
dans l'enclos désigné, en vue de la meilleure pro-
ductivité possible, le rêve et la sensation avec,
qui n'ont plus qu'à bien se tenir.

Il ne s'agit pas de regarder, encore moins de
s'imprégner d'un état d'esprit, mais de faire hon-
nêtement son boulot de touriste, dans un espace
réservé à ce genre d'exercice. De l'action, du ren-
dement, de la pellicule. Des mètres de film se
dévident, comme une barrière qui va s'épaissis-
sant entre l'objet vivant et notre imaginaire. Face

à cet activisme, la contemplation n'est pas de mise... Notre visiteuse s'étrangle presque d'indignation ; elle nous tourne le dos et s'en va d'un pas aussi noble que possible photographier ailleurs. Petite mise au point nécessaire, entre nous : il faut bien se réconforter un peu, se dire qu'on a raison — même si cette raison-là ne sert à rien devant l'assurance que donne le nombre[1].

Pourquoi les lieux chargés d'espoirs, de craintes, de prières et d'appels, au cours des générations, n'auraient-ils pas droit, eux aussi, comme les hommes qui continuent de les honorer, à un peu de considération — recherche non d'un accord, n'allons pas si loin, mais d'une forme d'écoute ? Les paysages ne sont pas seulement des clichés à rapporter chez soi : ils ont quelque chose à nous dire. Pour peu que l'on se taise et prête l'oreille, on peut entendre leur langage muet.

Mais le touriste n'a pas le temps d'écouter, à peine de voir : il photographie. Il ne fait pas travailler son cerveau : il manie son appareil, on lui a fait croire que c'était plus sûr. La mécanique a remplacé l'organe visuel, une photo au lieu d'un souvenir, la solidité du papier contre l'image évanescente.

---

1. Preuve que les touristes ont raison : on a construit sur ces lieux, pour les plus fortunés d'entre eux, un gigantesque hôtel de luxe, malgré la résistance des Balinais pour qui ce site est sacré.

Il est vrai que les impressions, cela s'oublie, tandis qu'une photo, on la conserve. Il y a dans ce désir éperdu, pathétique, de fixer l'instant, de ne rien manquer, ne rien perdre, une forme de peur et aussi d'esclavage : c'est le besoin, bientôt obsessionnel, de profiter à fond (qu'on ne s'y trompe pas, il s'agit d'un devoir plus même que d'un plaisir), de faire un plein usage de ce que l'on s'est gagné et bien mérité — un voyage —, de saisir ce fragment de vie exceptionnel et fugace, et de le fixer contre l'oubli — de s'en emparer à tout jamais, qui sait si l'on en aura un autre de sitôt ? Et la seule réponse possible devant un impératif aussi colossal, mieux vaut la confier à l'appareil photo, plus fiable que la mémoire capricieuse, dit la publicité. Travail d'Hercule. Personne n'y suffit, chacun l'accomplit à sa façon. Pour le partage aussi : chacun à sa façon ; certains font confiance à la caméra et montrent des clichés, d'autres au témoignage de leurs sens, ils écrivent quelques lignes.

Voilà notre touriste rousse nimbée de tristesse. Nous l'oublions, elle, son sans-gêne et ses photos de Tanah Lot. Elle n'était pas plus absurde que ce groupe de Japonais que j'ai vus dans une église, un jour en Italie. La nef était plongée dans la plus totale obscurité et ils passaient au pas de charge le long des chapelles latérales, mitraillant au passage des tableaux invisibles ; l'église était illu-

minée de leurs flashes. Ils s'en repartirent sou-
lagés : les peintures, si elles existaient, ils les ver-
raient chez eux, entre amis, calés dans leurs
fauteuils.

La forêt des singes

Nous partions au petit matin et la journée s'étendait devant nous. Elle n'avait pas de fin. Parfois le soleil pointait entre les nuages : le temps d'atteindre la voiture, il nous avait proprement estourbis, aveuglés. Nous nous réfugiions tout chancelants dans l'habitacle (laissé à l'ombre des arbres la veille) pour y souffler un peu, étudier la carte et notre chemin : Tabanan, Kerambitan, Wangayegede, les noms déjà faisaient rêver. Le premier tournant, les boutiques échelonnées le long de la route qui s'ouvrait devant nous, les pétarades des Mobylettes s'élançant à l'assaut de la ville… la matinée commençait, elle était neuve et nous aussi.

Entre Ubud et Kerambitan, la forêt des singes abrite un temple à l'endroit le plus dense de ses feuillages. Éclairée par une lumière sous-marine, mangée par la mousse et le lichen, l'architecture a des allures de ruine, de catastrophe, d'apparition fantastique. Cependant nous n'eûmes pas le loisir de nous livrer à de longues réflexions. Les singes sacrés circulent dans la jungle en toute liberté — de gros macaques grisâtres qui ont depuis longtemps perdu l'habitude de vivre en groupe, dans une seyante sauvagerie. Le touriste blanc et propret qui s'avance innocemment vers le temple leur semble une compagnie bien plus intéressante que celle de leurs congénères. Postés au coin d'une allée ou sur une branche à portée des têtes, ces bandits de grand chemin le guettent, mine de rien. Ils connaissent leur affaire : il n'est que montrer du culot — ces singes en ont à revendre — pour effrayer l'étranger, pigeon tout désigné, et emporter le morceau. Reste à savoir quel morceau, colifichet ou bout d'oreille. Le visiteur, quant à lui, sans doute très à l'aise dans un bureau ou sur une plage, fait piètre figure en cas de corps à corps. Déjà, en pleine nature, il a l'air un peu benêt, emprunté. Il s'est pourtant muni de cacahuètes à l'entrée, comme on le lui a recommandé, et, avec ce laissez-passer, il se croit en sécurité, ou presque. Il ne le sait pas encore, mais il n'aura guère le temps de procéder au rituel de l'offrande.

Un guide m'avait obligeamment raconté que les animaux sacrés aiment lunettes et boucles d'oreilles, mieux valait donc leur céder sans délai des provisions de bouche, des vendeurs sont d'ailleurs là pour vous dépanner. Mais j'avais pu observer un malheureux touriste malais, qui, ayant suivi ces instructions à la lettre, avait pourtant dû décamper sans demander son reste. Après avoir acheté son sac de victuailles à la caisse, il s'était tourné vers le bois : une vingtaine de singes gros et petits s'avançaient vers lui, toutes dents dehors, en formation de combat. Saisi de panique, il avait eu le réflexe salutaire de lancer au loin bananes et cacahuètes avant de prendre ses jambes à son cou.

Le touriste malais avait détalé comme un lièvre. Instruite par son exemple, je n'avais rien acheté et, le visage dépourvu de tout ornement ou protection, je marchais dans une tranquillité relative. Soudain, je me suis sentie tirée par la jupe. Ce n'était pas une demande mais un ordre. Malgré certaine préparation, nous n'avons aucune idée de ce qu'est vraiment la loi de la jungle : pas question de ruser ou de plaider, d'expliquer ou de tergiverser, devant plus fort que soi, on s'exécute. Somme toute, c'est assez simple. Le singe — car c'en était un, un macaque de bonne taille, l'œil impérieux et le ventre lourd — trouvant que je le faisais attendre — et pour cause — d'un seul bond me grimpa sur les épaules. Profitant de sa position de supériorité, il me palpait maintenant soigneusement le visage de ses pattes dures et rêches, reniflant, inspectant, examinant les possibilités. Sacha, qui trouvait le spectacle inhabituel, avait sorti son appareil photo et me demandait de sourire. Dernière vexation, le singe, ne trouvant décidément rien là de bien captivant, du même bond négligent regagna le sol et s'en fut vers plus riche trouvaille.

Un instant plus tard, nous entendions le cri strident et prolongé d'une visiteuse australienne à trois mètres derrière.

Le Puri Agung Wisata

Quittant sans regret la forêt des singes, nous roulâmes vers Kerambitan où la famille royale de Tabanan a l'un de ses palais.

Le plus souvent, quand nous nous arrêtions dans un village, les gens ne nous prêtaient aucune attention ; ils continuaient leur tâche, telle la vieille femme qui, nus pieds et toute courbée, balayait les feuilles mortes dans la première cour du palais. Comme nous passions devant elle, elle leva la tête, nous sourit et d'un geste ample et gracieux nous invita à entrer, puis continua son balayage. Parfois, ils nous regardaient et riaient. Était-ce par plaisir, comme on nous l'a poliment affirmé, ou par sens du comique : ces visages blancs, ces « nez pointus » — trait particulier aux Occidentaux —, cette bonne volonté touchante et malhabile pour se conformer aux us et coutumes de l'île ? Une sorte de commentaire muet, en tout cas, de constat de différence absolue. Personnellement, je pencherais plutôt pour l'interprétation comique : il n'est que de voir la façon dont les sculpteurs locaux ont immortalisé sur une fresque du Pura Maduwe Karang, au nord de l'île, Nieuwenkamp, un artiste hollandais qui circulait dans le pays à bicyclette : on ne voit qu'un museau de taupe fouineuse au milieu d'une multitude de fleurs rondes, les roues du vélo, comme son engrenage, étant eux aussi transformés en un fouillis de pétales. Ou des Hollandais, encore, sur un tableau cette fois, buvant leurs chopes de bière en compagnie — gras, lourds et hilares, comme Breughel les voyait. Ou ces figures bouffonnes du *wayang golék*, Européens ventripotents, à longs nez et grands chapeaux… Tout cela plein d'humour et sans méchanceté.

Dans la vision que les Indonésiens ont de l'homme blanc, il reste un peu, c'est évident, de la vulgarité de ces *punokawan*, de la rusticité de ces « rois d'outre-mer » qui, dans le wayang également, constituent l'antithèse du raffinement oriental. Manque de politesse, manque de tact : le Blanc est rustre, ou *kasar*, c'est-à-dire mal dégrossi, encore tout enrobé de barbarie. Son côté direct, abrupt, son désir d'aller droit au fait, de conclure vite, surprennent dans un monde où tout est une question d'échos, de ricochets, de lenteur.

« Ici, il n'est pas besoin de parler pour être compris », avait remarqué Sacha.

Les habitants du village de Kerta, à quelques centaines de mètres de notre maison, venaient volontiers nous prêter main-forte quand les problèmes pratiques, fréquents, il faut l'avouer, menaçaient de nous accabler : panne d'eau, d'électricité, absence de victuailles ou ignorance des produits locaux, et j'en passe. D'abord, nous voyant arriver, ils nous avaient souri — ce grand sourire de confiance que les Balinais adressent à l'étranger avant de s'interroger sur son compte. Puis ils étaient venus nous regarder, curieux, amicaux, sans trop insister. Nous leur avions adressé trois mots d'anglais. Mais les mots n'étaient pas nécessaires pour être entendus d'eux — nous aurions d'ailleurs été bien en peine de nous faire comprendre par ce moyen —, à peine les gestes. La direction d'un regard, un mouvement à peine ébauché suffisaient, ou ces signes qu'on laisse derrière soi à son insu et qui trahissent un goût, une habitude. Nos voisins savaient les noter et en tenir compte, à moins qu'ils n'aient possédé, comme j'ai parfois été tentée de le croire, la science de la divination ; ils avaient en tout cas cette intuition qui permet de percevoir un désir ou une humeur souterraine aussi clairement que d'aucuns voient la couleur du ciel ou sentent la direction du vent. Sinon, comment expliquer

qu'ils aient pu arriver sur les lieux au moment
voulu, proposer une promenade en une heure
d'ennui, apporter avec sa branche le gardénia que
Sacha désirait dessiner, répondant à des demandes
que nous n'avions pas même formulées ? Rapidement, nous avions pris l'habitude de surveiller le
son de notre voix lorsque nous parlions entre
nous, de même que l'expression de notre visage,
afin qu'ils n'y surprennent pas de message involon-
taire. Ainsi entretenions-nous, malgré l'absence de
parole, un dialogue tout en nuances, fait de petits
riens révélateurs et dont les progrès nous enchan-
taient, puisqu'ils nous apprenaient que, nos voisins et nous, nous parvenions à une forme
d'entente. Un petit pas en avant dans la compré-
hension de l'île.

Pour en revenir à l'Occidental, qui reste un
étranger, nous ne nous faisions pas d'illusion à ce
sujet, l'autre point noir au tableau est sa réticence
à admettre les mérites d'un système qui n'est pas
le sien, « son attachement à des valeurs héritées
qu'il croit universelles et infaillibles[1] ». Un sentiment de supériorité dont on cherche parfois
vainement les causes.

---

1. Denys Lombard, *Le Carrefour javanais*, vol. 1, EHESS,
1990 ; un livre indispensable, si l'on s'intéresse à l'Indonésie.

L'humour, comme réaction instinctive devant tant d'étrangeté, et non la simple moquerie, qui implique jugement et refus. L'humour est le réflexe qu'opposent les Balinais à la nouveauté : un rire qu'il est possible de partager. Les gens de l'île ne désirent pas offenser le visiteur : simplement, ils rient. À leur place, on en ferait autant, mais avec moins de gentillesse. Peut-être se sentent-ils trop loin du touriste et de son curieux mode de vie pour rien imaginer, et par conséquent rien désirer de son existence : ils n'ont aucun besoin de se l'approprier. Ce que nous avons, la technique, ne semble guère les fasciner. Ce qu'ils ont nous captive, nous qui sommes dans une impasse : la sensibilité saturée par l'Information, cette forme de culture distraite et approximative, l'imagination appauvrie, atrophiée par le gavage concret permanent. Certaine sécheresse d'âme, en fait.

Point de recette de survie pourtant, seul le recours à la mémoire qui garde en dépôt des images plus semblables à un fragment de rêve — vision intérieure qui aurait pris corps — qu'à une réalité reconnue.

Elles ont une intensité qui vous hante : ces formes extravagantes, ces couleurs excessives, la surabondance de la végétation : autant d'espaces d'enchantement ouverts à perte de vue dans un réel dont les frontières s'estompent. Dans l'île, les impressions de la nature ont le pouvoir d'ébranler l'esprit, de l'atteindre profondément. L'imaginaire se manifeste à tout propos, on est dans un songe semi-éveillé, au bord de l'hallucination. Ainsi les pièces des palais ouvertes sur la touffeur de la jungle participent de la matérialité la plus évidente aussi bien que de l'imagination la plus folle. Les limites se sont effacées, qui divisaient deux univers. On passe de l'un à l'autre, sans plus bien savoir où l'on est, auquel on appartient. Et de sentir que les bornes qui d'habitude nous enserrent se sont volatilisées, évaporées comme fumées sous les effets combinés de l'art et de la nature, on éprouve un formidable sentiment de libération.

Cette sensation d'émerveillement, c'est peut-être dans ce palais de Kerambitan, le Puri Agung Wisata, que je l'éprouvai le plus fortement. Il était vide. La vieille fée aux feuilles mortes, par son geste magique, nous avait introduits dans un lieu endormi et désert.

Nous avancions de pièce en pièce, ou plutôt de cour en cour, sans voir âme qui vive. Ces enclos étaient bordés de vastes chambres posées sur de hauts socles ; seule la partie en terrasse était visible : celle qui était offerte au-dehors et au regard, l'autre étant refermée sur son intimité par une petite porte exquisément ouvragée.

Dans la première cour, une fontaine chantait ; des oiseaux, dans leurs cages suspendues, cacatoès, mainates et tourterelles, nous observaient sans piper mot, leur bavardage sans doute interrompu par l'ordre initial de la fée. Nous passâmes en silence devant un salon d'apparat aux meubles somptueusement dorés. Tout y était disposé pour un hôte d'honneur qui tardait à venir : la table basse chargée de fleurs et d'un plateau à thé, avec son sucrier bien rempli et ses tasses de porcelaine fine ; au mur, en bon ordre dans leurs cadres, les portraits du maître des lieux : le rajah et sa famille, raides et dignes, tournés en un bel ensemble vers un horizon invisible.

Autour de ces pièces figées dans leur éternel garde-à-vous, la jungle explosait en bouquets rouges et verts, en fleurs, en grappes, en pendentifs étranges. Est-ce pour se défendre de sa menace que deux crapauds géants porteurs d'ombrelle montaient la garde de chaque côté de la porte étroite qui, au fond du salon, cachait d'autres mystères ?

L'ouverture qui menait à la deuxième cour était à demi dissimulée par un épais rideau d'orchidées bleues. Sur la pointe des pieds, intimidés par tant de splendeurs sans objet, nous y avons pénétré, tel le visiteur égaré de *La Belle et la Bête*. Cet enclos-là était occupé par les chambres des femmes du rajah : sur leur piédestal, on ne voyait que des lits couverts de belles étoffes, et, partout incrustées dans les murs, des assiettes aux dessins magnifiques.

À ce moment, je crois — car nous avions perdu tout sens de la réalité — un jeune homme vint vers nous et nous demanda en souriant s'il pouvait nous aider. C'était l'un des princes du palais. Il était beau, comme il se doit, les yeux très bruns, les dents très blanches. Les épisodes décidément se succédaient en bon ordre, le conte de fée respectait les règles habituelles.

Nous étions effectivement dans la cour des épouses du roi son père. La chambre du fond, la plus spacieuse, était réservée aux femmes nées dans la famille : sur ce lit, génération après génération, elles étaient venues mourir — c'était la chambre du dernier acte de la vie. Son père avait eu cinq épouses et quatre fils : il était lui le plus jeune. Si nous l'avions rencontré aujourd'hui dans ce palais, qu'il dirigeait pour seconder le rajah, c'était par hasard, nous dit-il, car souvent il partait en voyage.

Parvenu à ce point du récit, le prince décida d'en modifier quelque peu la composition en y introduisant une touche de modernité, en évoquant le Nouveau Monde. Il était souvent à New

York, il y était même allé comme steward, engagé par un ami sur un bateau de ligne. Cependant, il revenait toujours à Bali. Ses frères s'y étaient mariés et ils y vivaient, tout à l'heure il nous montrerait la maison de leurs épouses.

La transition entre deux univers était ménagée en douceur ; il avait suffi d'un nom de ville et d'un prince qui s'était fait steward pour conquérir l'Amérique, la toute jeune, la belle.

Nous le suivions à travers les cours successives. « Voici le temple du palais, vous y voyez une Mercedes (il y avait effectivement une grosse voiture grise d'un modèle ancien, à côté des dieux gardiens habituels, dans leurs sarongs échiquetés), mais pour les Balinais, mettre une voiture dans un temple n'est pas un problème : ils ont créé un dieu des voitures, comme un dieu de l'argent. Le sarong à carreaux blanc et noir signifie que le bien et le mal existent côte à côte, tout peut se mêler harmonieusement, nous avons des dieux pour les affaires les plus courantes de la vie quotidienne... » Il souriait gentiment, sans se moquer un instant de notre naïveté d'étrangers, nous que cette invasion par le sacré des sphères dites profanes avait tout de même un peu étonnés. Certaines des cours les plus vastes, il les louait pour des réceptions et des colloques, mais les villageois y venaient aussi quand il y avait fête au palais.

Ainsi la vie moderne des affaires s'infiltraitelle dans ce royaume hors du temps. Les Balinais ont une surprenante capacité à s'adapter, à prendre du monde extérieur ce qui leur est bon, en préservant leur propre culture et leurs traditions. Ce jeune homme aimable, d'une politesse sans faille, guide à ses heures et prince à d'autres, en était la preuve vivante. Nous lui proposâmes de contribuer à l'entretien du palais, si modestement que ce fût : en souriant il accepta, en souriant nous remercia de la somme, dérisoire si l'on pense à ce qu'il nous avait offert, que nous lui remîmes en le quittant. À ce jour encore, je me demande si nous n'avons pas eu tort.

Ubud et son héros chimérique,
Walter Spies

Entre la forêt des singes et la grotte troglodyte de Goa Gajah, Ubud étale le long de la grand-route ses magasins bourrés de bibelots et ses galeries de peinture.

S'il est juste de lier le souvenir d'une ville à celui qui l'a le plus aimée, on peut affirmer, sans trop de risque de se tromper, qu'Ubud appartient encore à Walter Spies dont l'histoire est racontée, embellie, rebrodée par les soins vigilants des Balinais. Mais c'est peut-être que la passion de Spies pour Bali rencontre et révèle le caractère fabuleux de cette île. Elle a la mesure voulue. Elle en reflète, elle en contient le surprenant et le tragique.

Au nom de Spies et à son aventure indoné-sienne on a souvent accolé le mot stupide d'idylle (« idylle balinaise » même, pour que rien ne manque), comme celui de paradis à l'île de Bali. Mépris amusé, condescendance. Et toujours la peur d'être dupe, des apparences ou de ses désirs (ce qui fait de vous la plus grande dupe de toutes). Pourquoi ce persiflage ? Parce que Spies a été heureux et a osé le dire, l'écrire ? Il faut donc immédiatement sous-entendre que cet état était fondé sur de la naïveté, de l'aveuglement, car on ne peut tomber amoureux d'un pays et s'y trouver en accord avec soi-même et le proclamer (c'est-à-dire voir tout en rose), sans être un imbécile ou tout au moins un doux rêveur, ce qui revient au même. Je pense, quant à moi, que Spies, sortant de l'Allemagne des années vingt et de sa prison en Oural, dut être ébloui par ce qu'il découvrait : le raffinement, la beauté, une tolérance qui s'accommodait de la folie autant que des contraintes. En outre, il avait le sens, peu courant, du bonheur. La société ne le supporta pas, elle s'employa à le lui faire payer.

À Tjampuhan, au-dessus d'Ubud, le rajah de Sukawati lui avait fait don d'un terrain où il construisit une maison. Le gardien des lieux, un petit homme affable aux traits dissymétriques comme un masque grotesque, nous y conduit sans cesse de papoter gaiement et de sourire. Spies, à vivre auprès de son ombre, il le connaît bien, il en parle chaque jour ; les clients paient jusqu'à 125 dollars la nuit pour occuper sa chambre et remuer des souvenirs ; pour les autres, c'est

70 dollars, ceux qui ne cherchent que la nature et la réclusion.

Accrochée à la pente du ravin, cernée par les arbres vertigineux, la maison de Spies est une simple hutte au toit de chaume : une pièce unique, précédée d'une terrasse où il dormait à même le sol, sur un matelas, et derrière laquelle un studio lui servait à peindre.

À l'époque, ni eau ni électricité, mais, en contrebas, le bruit du fleuve qui enfle à la saison des pluies et, tout autour, la forêt vierge avec l'éclair des fleurs rouges et jaunes, et des murailles d'orchidées sauvages armées d'épieux, comme des scorpions. À en croire le babil de notre guide bénévole, Spies vivait entre ses objets d'art et ses cages à oiseaux, mais il avait aussi des singes apprivoisés et des vampires, qui dorment pendant la journée, suspendus la tête en bas, enveloppés dans leur grande membrane brune. Et il s'enfermait des jours et des semaines pour peindre, ne sortant de son antre que lorsqu'il était à bout de forces. Et même à ce régime, chaque tableau lui coûtait tant d'heures de travail qu'il ne pouvait satisfaire à la demande, mais se trouvait toujours en retard de quelques toiles très attendues. L'Europe entière le connaissait et désirait posséder ses œuvres, le petit homme le certifie, il en est fier ; liés par le souvenir de Spies, qui, nous dit-il, aimait les Balinais, nous aussi, cela tombe

bien, nous sommes devenus amis. « Tuan Tepis »,
dit-il respectueusement, le protecteur des peintres,
le plus aimé des Européens, plus qu'aucun autre
« il a approfondi la couleur de nos rêves ».

Aujourd'hui, sur la terre qui lui fut donnée par
le rajah, d'autres constructions se sont glissées,
peu nombreuses toutefois, et toutes semblables
à la hutte de Spies. Viennent s'y réfugier, tels
des oiseaux migrateurs ayant quitté le groupe,
quelques paumés et excentriques en mal de paradis. De leur chambre, ils ne voient que les arbres
qui s'étagent sur les versants abrupts des collines,
jusqu'aux palmiers de la crête dont la dentelle
sombre se détache sur le ciel blanc. Et, au beau
milieu de ce fouillis végétal, dans leur cabane
ouverte à toutes les pluies, ils sont comme accrochés à quelque piton invisible, rêvant peut-être
que, tel Tarzan, il leur suffira de saisir une
liane devant leur fenêtre pour en revenir à l'état
d'innocence.

Tout en bas, à l'endroit le plus creux de la
gorge, le luxe inattendu d'une piscine, signe de
ponctuation turquoise parmi le rouge violent des
hibiscus. Plus loin encore, le long de la rivière,
accessible par un escalier de pierres glissantes,
une grotte où l'on a sculpté des singes et des
monstres.

Hormis les parois de sa prison, tel fut le dernier décor que vit Spies. Il était né à Moscou en 1895, dans une famille de diplomates allemands. Puis il s'en fut à Dresde y faire ses études. Il eut la fâcheuse idée de revenir à Moscou, en vacances avec ses parents, au moment où éclatait la Première Guerre mondiale. Ses vingt ans, il les fêta donc enfermé dans un camp de l'Oural. Spies, un romantique attardé qui rêvait à l'éternité du paradis, n'avait pas le sens du temps de l'Histoire, ce que l'Histoire ne cessa de lui reprocher. Son enfermement en Oural n'était qu'une première semonce.

Mais loin d'y prendre garde, il profita pleinement de la situation, étudia en peintre la configuration du paysage, écouta en musicien les chants des Tartares et des Kirghiz, apprit à danser à la façon des Russes et parvint à distraire amis et ennemis.

Ce n'est pas tout. À Dresde, quand il avait quinze ans, on lui avait montré à peindre comme les cubistes et les expressionnistes, alors influents. En regardant la campagne de l'Oural, l'idée lui vint de procéder différemment et, quittant cette avant-garde qui ne lui correspondait pas, de pratiquer un art qui tendrait à la simplicité de Chagall ou de Klee en qui il reconnaissait la même famille d'esprits. À la fin de son internement, il avait trouvé *son* style (qu'influença encore la découverte de Rousseau, le Douanier, « le peintre du dimanche », un peu plus tard, en Russie, encore).

Ses tableaux, dont quelques-uns sont jalousement gardés à la galerie Agung Rai, transmettent la vision d'un homme dont le désir avait trouvé un lieu à sa mesure. La nature y est minutieusement représentée — la soie des rizières festonnée de velours brun, les palmes extravagantes soulignées de lumière, l'attelage des buffles tirant le soc de la charrue, conduit par une figure solitaire. Mais à y bien regarder, les plans se superposent au mépris de tout réalisme : perché dans les arbres au cœur d'un halo brillant, un village surgit comme une apparition ; entre des branches qui s'écartent, c'est une contrée perdue : chimère, illusion ? nulle route n'y mène, sinon l'éternel chemin du merveilleux. L'ombre et la lumière racontent leur propre histoire : celle de l'île légendaire, telle qu'elle *existe* en ses caractères essentiels (car Spies, travaillant à partir de ses affinités, a su *voir* — et dégager la charge de magie présente dans le paysage). Il est un peu facile, et donc faux, de réduire sa vision à une version asiatique du romantisme allemand. L'île de Bali a su donner forme à nos fantômes et à nos rêves. Ce n'est pas même qu'on pressent ou devine l'invisible : il est là, à peine dissimulé dans la nature, représenté, matérialisé, il suffit d'ouvrir les yeux.

Là-bas, on apprécia sa peinture pour son « impressionnisme mystique » ; l'Asie, ajoutait le journal de Surabaya, y était vue dans « son aspect spirituel », peu souvent considéré.

Après la Première Guerre mondiale, Spies s'en retourna à Dresde. Il prit des leçons de peinture avec Oskar Kokoschka, rencontra Otto Dix, croisa aussi des musiciens, Busoni, Hāba, Hindemith, Krenek, Pfitzner…, étudia le piano avec Arthur Schnabel, ce qui n'était pas un mince honneur.

Puis il devint l'assistant de E. W. Murnau. Quittant Hellerau, il rejoignit le cinéaste dans sa villa de Grunewald, où Murnau mit à sa disposition un piano afin qu'il puisse exploiter les découvertes faites en Oural. Ensemble ils voyagèrent, firent des projets — réaliser un film sur les mers du Sud —, discutèrent de l'utilisation de l'ombre et de la lumière à des effets de tension dramatique. Ils étaient proches l'un de l'autre et la distance ne les sépara pas. Au moment voulu — Spies était alors aux antipodes — Murnau l'aida financièrement, tandis que Spies peignait pour lui son *Traumlandschaft*. Plus tard, Murnau lui légua une bonne partie de ce qu'il possédait.

Les photos que Spies fit à Bali (plus que tout autre entreprise elles le rendirent célèbre) portent la marque évidente de Murnau. Nosferatu, l'ombre du mal, s'étend sur le monde, incarnation de toutes les épouvantes. Yeux exorbités, crocs affûtés, ongles griffus d'une longueur prodigieuse, les démons de Bali, tels que les vit Spies, ont avec le vampire un air de famille. Les sorcières rôdent de nuit, prêtes à tuer ; elles brandissent leurs serres de rapace, et seule la magie parvient à les vaincre ; des prêtres aspergent d'eau lustrale les danseurs en transe. Cependant, Spies n'inventa pas ces démons. D'un bout à l'autre de la planète, la terreur humaine, pour s'exprimer, a trouvé des images assez proches, des instruments un peu simplets : déformés par la violence de l'émotion, démesurément agrandis, les yeux, les ongles ou les dents, une stature trop haute et indistincte. Spies ne fit qu'accuser cette ressemblance : ses masques émergent de l'épaisseur du brouillard, sombres silhouettes vacillantes qui portent en elles la mort et la nuit. Pour accentuer l'effet d'effroi, il les photographiait d'en bas, couché sur le sol au milieu de fumées.

Mais alors son aventure ne faisait que commencer. Comme à Gregor Kraus, un autre photographe qui l'avait précédé à Bali, l'Europe d'après-guerre, malgré les perspectives qui s'ouvraient à lui, lui semblait terne et renfermée, étroite d'esprit, puritaine, avec ses lois qui réprimaient l'homosexualité. Il s'y sentait mal à l'aise, avait besoin d'espace, de liberté. En 1923, il décida de partir.

La scène suivante le montre à Java, dans la ville de Bandung : pour se faire quelques sous, il tapote sur un piano dans un cinéma chinois. D'emblée il est conquis par l'Asie. Les Javanais sont d'« une incroyable beauté, aristocratiques, raffinés jusqu'au bout des ongles » (ils le sont, venant d'Europe, on comprend l'émerveillement de Spies), tandis que les Hollandais, les occupants depuis plus de trois siècles, sont « rustres, incultes, bêtes, bornés, prétentieux ». Il s'indigne que les colonisateurs traitent si mal les indigènes — qui leur sont tellement supérieurs, on ne peut manquer de le remarquer — et prédit un conflit dans quelque temps (là encore, il ne se trompe pas). Du coup, il apprend le javanais et étudie le gamelan, autre découverte. Il circule à bicyclette, il peint. Le bonheur. Ou son approche.

On le retrouve quelques semaines plus tard à Yogyakarta. Et c'est alors que son destin entre dans la légende.

Le rajah va donner une grande fête au *kraton* en l'honneur de la venue du président des Philippines. Le petit orchestre de Spies y est convié. Pour la première fois, Spies pénètre à l'intérieur du palais : il croit vivre un conte de fées. Ce ne sont que portails magnifiques en bois peint et sculpté, serpents et dragons géants, passages et couloirs, halls et vérandas, jardins somptueux que l'on traverse, dominés par le banian seigneurial avec ses « racines qui remontent au ciel », et les vieux serviteurs du kraton dans leurs costumes chamarrés, et les princes, tous jeunes et splendides... jusqu'au moment où, étourdi déjà par tant de beauté, l'on atteint la grande salle centrale.

Assis sur son trône, le roi s'évente. Le long des murs, ses femmes attendent, silencieuses, simples et belles, les pieds nus. Arrivent alors les Européens : replets et lourdauds dans leurs atours parisiens, ils servent de repoussoirs à la grâce de ces « demi-dieux ». Puis le gamelan commence à jouer. Puis les danseuses s'avancent du fond du jardin d'un pas lent vers le trône : quatre jeunes filles, les plus exquises qu'on puisse voir, quatre reines égyptiennes, dont le visage parfait est aussi lisse qu'un masque, dénué d'expression, comme stylisé. Spies est en extase. Son tour approche, pourtant : « Tu peux t'imaginer, écrit-il à sa mère, comme j'avais envie de tambouriner des fox-trot sur le piano pour voir ces grosses masses de chair hollandaises s'agiter dans le désordre. » Le contraste en effet devait être saisissant.

Mais voici que le sultan, intrigué par un intérêt qu'il n'avait jusqu'alors jamais rencontré chez les Européens, se renseigne sur ce jeune Alle-

mand blond qui semble si fasciné par le gamelan
et par les danses.

Le lendemain — Spies n'en crut pas ses
yeux — les calèches des princes et de leurs suites
s'arrêtent devant son modeste hôtel avec tout
l'apparat destiné aux grandes fêtes : des dou-
zaines de serviteurs portant plateaux et parasols
dorés s'avancent vers lui. Le sultan lui fait demander s'il accepterait de diriger l'orchestre de danse
de sa cour : trente à quarante musiciens qui, dit
Spies, ont presque tous « l'oreille absolue » et dont
les perceptions sont affinées à l'extrême. Avoir son
appartement à la cour parmi ces demi-dieux,
devenir javanais, apprendre les codes élaborés de la
politesse orientale... Spies ne pouvait croire à sa
chance. Signe supplémentaire du destin — mais la
mesure était comble, ç'en était presque risible —,
le même soir au palais, un vieux Chinois très riche
lui demandait de faire le portrait de sa mère.

Spies fut le seul Européen autorisé à vivre
entre les murs du kraton. Pendant quatre ans
il habita auprès de l'un des princes du palais,
dont il était vraisemblablement l'amant : Raden
Tummenggung Djojodipuro, qui lui enseigna les
secrets de la vie de cour et les subtilités multiples
de la culture javanaise. Pendant quatre ans il rem-
plit sa charge, trouvant même le moyen de jouer
sur son piano les gammes si particulières de la
musique du gamelan. La cour le fêta.

Mais un beau jour, le Punggawa d'Ubud, à Bali, le prince Tjokorda Gedé Raka Sukawati, invita Spies à visiter son île. Et de nouveau Spies fut conquis, séduit par Bali plus encore que par Java. Coup de foudre, définitif celui-là. Spies est épinglé comme le papillon que l'on fixe à sa boîte. « Je ne peux supporter d'être plus d'un mois loin de Bali ; j'ai une telle nostalgie qu'il me faut y revenir. »

En 1927, Spies prit donc congé du sultan de Yogyakarta et s'installa à Bali. « Il y apporta un piano, une bicyclette allemande et un filet à papillons, précise Tjokorda Sukawati. Nous allions ensemble de vallées en vallées, attraper les papillons, nous les posions dans de grandes boîtes dorées et nous les envoyions dans les musées d'Europe et partout dans le monde. » Ainsi commença la vie de Spies à Bali, en chassant le papillon avec le prince Sukawati qui bientôt lui donna de la terre et une maison.

Fêtes, danses, temples, rites religieux, statues, villages et forêts, il n'est pas un endroit de l'île que Spies n'ait visité, pas un rituel qu'il n'ait contemplé, pas une sculpture dont il ne sache l'origine, pas un village dont il ne connaisse les habitants. Bientôt, lui qui admirait tant la culture de ce pays, il révolutionne la peinture balinaise, jusqu'alors attachée à peindre les dieux et les héros. Le hasard : l'effet d'une rencontre avec le jeune Anak Agung Gedé Soberat qui l'observait à son insu. « Pourquoi, pour changer un peu, ne peindrais-tu pas ce que tu vois autour de toi, une femme qui vend sa marchandise au marché, par exemple, ou un paysan qui conduit son buffle dans les rizières ? » Ce conseil devait porter ses fruits, mais c'est une autre histoire.

De partout, on l'invite. Des émissaires arrivent tout excités, l'informent qu'une fête va avoir lieu. Spies saute dans sa vieille voiture, roule jusqu'à quelque lointain village, on se précipite pour l'accueillir, on entoure le Tuan Spies d'Ubud, il salue à la ronde les *sobat*, amis.

Si bien qu'il devient peu à peu l'autorité à consulter sur Bali, la référence obligatoire, un objet de curiosité. Sa réputation s'étend. Bali est à la mode. Peintres, musiciens, romanciers à la recherche d'inspiration viennent se renseigner auprès de lui, utilisant largement son travail, qui est au reste une passion où chacun puise à volonté. L'Europe riche et/ou pensante débarque à Bali. Barbara Hutton lui offre une piscine. Charlie Chaplin se dit fasciné par « son amour pour Bali et sa dévotion aux indigènes ». Le duc et la duchesse de Sutherland s'invitent dans sa hutte (avec leur superbe yacht, ils feront ensuite le tour des îles). Les occupants hollandais s'avisent qu'il peut leur être utile (Spies aura la naïveté de croire que les services rendus lui vaudront de la recon-

naissance). On le nomme conservateur du musée
de Denpasar, que l'on crée et, lors de la visite du
vice-roi, on le charge d'organiser les réjouissances.
Plus tard, on le charge encore de promouvoir
l'image de Bali à l'étranger, puis de contribuer à
l'Exposition coloniale de 1931 (où Artaud fera
connaissance avec Bali, telle que l'a vue et définie
Walter Spies). Bien sûr, on lui reprocha d'être
arrivé dans l'île chargé d'un héritage européen
qui forcément biaisait son regard, d'avoir donc
altéré la « vraie » réalité balinaise, sur les lieux
mêmes, auprès des Balinais (comme si ses détrac-
teurs savaient le moins du monde ce qu'était
cette réalité), mais aussi dans l'image qu'il en
donnait à l'étranger ; son livre *Dance and Drama
in Bali*, où il exposait sa vision particulière, modi-
fia les conceptions européennes du théâtre. Une
circulation d'influences embrassant les continents.

Spies n'en demande pas tant. D'abord, les soi-
rées en cravate l'ennuient. Il s'y éteint jusqu'à
n'être plus que l'ombre de lui-même. En retrou-
vant ses singes après l'une de ces réjouissances, on
l'entendit murmurer : « Enfin quelque chose
d'humain. » Il ne semblait pas, dit-on, conscient
de sa personnalité — de cette conscience narcis-
sique qui attire sur vous l'attention des autres, et
il ne cherchait pas à s'affirmer parmi eux. Les
photos de lui montrent un visage aux traits fins
sous un casque de cheveux blonds, une expression

taciturne, réservée, un peu défiante. « En arrivant sur l'île, Spies était-il déjà surtout occupé d'*être*, non de faire ou de devenir, qui sont les principales motivations des Occidentaux ? Être, simplement, comme le lac qui reflète le ciel, ou l'arbre qu'agite le vent... mais aussi se sentir être, ce que ne permet pas la pression de la société industrielle en Europe. Il s'enfuit afin de pouvoir créer en toute tranquillité et s'adonner au luxe d'une existence où l'on n'a rien à prouver à personne — sauf peut-être à soi-même. Surtout, il s'enfuit dans un monde qui satisfaisait son sens esthétique[1]. »

Mais Walter Spies n'était pas de ceux à qui il est donné d'être en paix, même dans une île au bout de la terre. Tjampuhan, sous l'afflux des visites, était devenu invivable : il ne parvenait plus à peindre. En 1937, il acheta à Iseh, à mi-chemin d'Ubud et de Karangasem, une hutte perchée au bout d'une route glissante, sur les pentes du Gunung Agung. Enfin il était seul avec sa peinture. Il avait en outre sous les yeux une vue sublime sur les rizières. Oubliant le monde, il put se croire oublié de lui. La retraite, l'Arcadie. Spies était sorti du temps et du « cauchemar de l'histoire ». L'Allemagne hitlérienne et la menace

---

1. Claire Holt, citée dans Hans Rhodius, *Schönheit und Reichtum des Lebens, Walter Spies*, L.J.C. Boucher/Den Haag, 1964.

de guerre, l'hostilité des fonctionnaires hollandais (jaloux de l'amitié des Balinais pour Spies), tout cela lointain, tenu à distance, une parenthèse fermée.

Tandis que Spies peignait sur sa montagne, les menées allemandes inquiétaient la Hollande. Les autorités locales se sentirent soudain fragiles ; tout naturellement, elles cherchèrent un bouc émissaire. Ce qu'on avait toléré pendant des années parut menacer un ordre d'autant plus précieux qu'on le voyait en péril. On se lança donc dans une chasse aux sorcières, en l'occurrence aux homosexuels, orchestrée par une campagne de presse infamante. Mandats d'arrêt, perquisitions, dénonciations, descentes de police, rien ne manqua au tableau. On arrêta plus de cent suspects dans la colonie et on en troubla bien d'autres. Suicides, mariages rompus, carrières brisées, fuites et dépressions en chaîne. Les Balinais, pour qui l'homosexualité n'était qu'un passe-temps agréable et qui n'y trouvaient rien à redire, étaient fort perplexes devant toute cette agitation. Walter Spies, quant à lui, ne voulait pas croire en la marche de l'histoire ni en la méchanceté humaine.

Mais à l'aube de la nouvelle année 1938, on vint l'arrêter. Ses amis balinais se rassemblèrent sous la fenêtre de sa prison à Denpasar, pour y jouer du gamelan. « Certains fonctionnaires ont jugé qu'ils avaient intérêt à se montrer offensés par un Allemand non conventionnel » résumèrent-ils sobrement. Ils voulaient encore croire qu'il serait relâché. Toujours zélé, le vice-roi avait décidé d'appliquer les lois à la lettre : on avait beau être loin du monde civilisé, il fallait mettre de l'ordre, c'était même une raison de plus. Cette pression, jointe à la jalousie ancienne de certains officiels, aboutit au procès de Spies : il fut accusé d'avoir eu des rapports sexuels avec un mineur. Ses amis, entre autres l'anthropologue Margaret Mead et le peintre Rudolf Bonnet, plaidèrent avec éloquence, dénonçant le puritanisme occidental, notamment en matière d'homosexualité. Peine perdue. Spies fut déclaré coupable. On le transféra à Java, dans la prison de Surabaya, où il fut enfermé jusqu'en 1939. Il en profita pour traduire des contes balinais et peignit sans perdre un instant : certaines de ses meilleures toiles datent de cette période. Enfin on le relâcha. Joie des amis, gamelan et fête, jubilation de Spies. Qui déclara une fois de plus que la vie était merveilleuse : « Une grande cérémonie d'anniversaire. » Et se lança sur-le-champ dans une exploration nouvelle, aidé par le professeur Baas Becking, directeur des jardins botaniques de Bogor. Cette fois il avait pris pour sujet les insectes et la vie sous-marine. Araignées, libellules, étoiles de mer fili-formes et étranges, guêpes ou abeilles : les gouaches et les dessins, précis jusqu'à être surréels, façon Dürer sur un fond neutre, sans l'herbe ni les violettes, se succédaient à vive allure. Spies mettait les bouchées doubles.

C'est que sa destinée touchait à sa fin, même s'il ne le savait pas encore. La Seconde Guerre mondiale éclata, l'Allemagne envahit les Pays-Bas. Les Allemands restés en Indonésie furent arrêtés. Spies avait beau s'être retiré sur une île, si lointaine fût-elle, elle n'en figurait pas moins sur la carte du monde en guerre. Mais Spies ne vivait pas avec la carte du monde sous les yeux, il dessinait toujours des papillons dans sa hutte d'Iseh, refusant obstinément de tenir compte de l'Histoire. On l'y fit entrer de force, un vilain jour de juin 1940, en l'ôtant de son île pour le mettre dans un camp de prisonniers à Sumatra.

Lorsque Sumatra fut menacée par le Japon, en 1942, les Hollandais entassèrent les prisonniers à bord du *Van Imhoff*, un vaisseau en partance pour Ceylan. Un jour plus tard, le navire fut touché par une bombe japonaise et commença à couler. L'équipage hollandais abandonna le bord, sans que le capitaine ait osé donner l'ordre de libérer les Allemands. Ainsi finit Spies, noyé au fond d'une cale, sur un bateau qui s'enfonça lentement dans l'océan.

L'histoire et la société, qu'il avait voulu fuir, eurent deux fois raison de lui. Sa destinée romanesque et l'île de Bali, où il poursuivit son rêve de

bonheur, reposent ensemble sur le dos de la tortue
qui flotte au milieu des mers. Si l'on veut s'approcher de l'animal légendaire, il n'est pas inutile de
suivre, comme un chemin secret, le récit mouve-
menté de sa vie.

La vie de Spies, la silhouette sévère de Rudolf
Bonnet, ou les tableaux accrochés aux murs du
Puri Lukisan : autant de voies, autant d'images
pour aborder en terre balinaise sans trop s'égarer.

Le musée de peinture
du Puri Lukisan

Dans le petit rectangle d'une seule de ces toiles, c'est comme un concentré de l'imaginaire du pays. Les rats et les souris, les tortues, lézards, serpents, limaces et autres bestioles rampantes et affairées, les escargots et libellules, crapauds goulus et papillons à demi dévorés... ce pullulement de larves emplit un espace de cauchemar tout entier voué à la répétition du même acte : manger, être mangé. Au-dessus d'un horizon barré par les arbres, quelques volcans font mine de pointer vers le ciel obstrué, mais les insectes mènent la danse et s'adonnent sans remords à leur festin cannibale. C'est l'école de Pengosékan (dont l'un des meilleurs peintres, à mon avis non autorisé, serait I Ketut Gelgel) où le thème, répété à l'infini, a plus d'importance, nous apprend-on, que l'imagination. Et pourtant, les tableaux les plus fous du victorien Richard Dadd, qui au fond de son asile de Bethlehem peignit un peuple d'elfes et de lutins parmi un prodigieux encombrement de plantes, pour avoir plus d'intensité, n'atteignent pas au degré de cruauté tranquille mise en scène par le peintre inconnu de Bali. Et cette représentation hallucinée d'un combat de sauterelles et de fourmis rouges dont les carapaces broyées bloquent la vision (I Ketut Suparera) n'est pas non plus pour rassurer.

Pour le rêve encore, et les elfes et les fées, et tout l'arsenal du merveilleux cher aux Anglais, il faut se reporter à la naissance d'Hanoman — le singe blanc du Ramayana — (de I Gusti Made Deblog) : un bestiaire ailé vole parmi les lianes, chaque animalcule portant son offrande à l'enfant Hanoman qui naquit, comme chacun sait, d'une goutte de sperme du dieu Siwa que sa mère, la blonde Renjani, avala par mégarde alors qu'elle se baignait dans une rivière.

Mais l'interprétation la plus visionnaire, la plus frondeuse aussi, des mythes balinais, c'est Gusti Nyoman Lempad qui la donne. Dans son vieil âge, il était devenu une légende vivante. Amenuisé, émacié, patiné et dur comme bois ancien, il mourut à cent seize ans, vieux sage vénéré, entouré de sa nombreuse et respectueuse descendance. Il appela sa famille autour de lui au jour approprié du calendrier balinais, se fit baigner et revêtir de blanc, prononça quelques paroles de recommandation, demanda qu'on mène à bien les tâches que sa courte vie ne lui avait pas permis d'achever, puis il mourut.

Dans un décor étrange d'arbres morts, le dragon du désir enserre une femme immense et longiligne, dotée de petites ailes semblables à des papillons, tandis qu'à ses pieds Arjuna, le don Juan des Pandawa, pas plus gros qu'un insecte, la vise d'une flèche meurtrière. Tel un fruit exotique, un vagin pousse entre les racines de squelettes d'arbres. Les membres filiformes, le gigantisme de la femme, la disproportion accusée des corps, un certain maniérisme des gestes, le trait qui serpente, ondule, se faufile et s'étire, se tord en volutes ou se dresse à la verticale : Lempad a parfois un vague air d'Aubrey Beardsley, le sulfureux disciple de Wilde — l'humour en plus, et la liberté dans l'érotisme.

Les Balinais rêvaient-ils en peignant ou bien peignaient-ils dans leurs rêves ?

L'anthropologue Margaret Mead, un redoutable bas-bleu fraîchement émoulu de l'université et fortement teinté de théories freudiennes, débarqua un beau jour à Bali en compagnie de l'érudit Bateson, qu'elle avait épousé pendant la traversée vers l'île (l'autorisation de se marier dans la prude Batavia lui ayant été refusée par les autorités hollandaises que ses amours tumultueuses en

Nouvelle-Guinée avaient effarées — il s'agissait pourtant de son second mari). Margaret Mead et Bateson n'étaient pas de ceux qui se laissent abuser par les apparences. Ils décidèrent que la mentalité balinaise était schizophrénique. Danses démoniaques, kriss et transes, tout cela était aisément explicable par le retour du refoulé : les codes sociaux, nombreux et exigeants au point d'opprimer la population, étaient seuls responsables. Tantôt trop sage, tantôt déchaîné, le comportement des gens de l'île s'expliquait par la frustration. Il suffisait de le prouver. Margaret Mead invita donc les Balinais à peindre leurs rêves et leurs visions. Elle collectionna leurs tableaux. Dans la région, on se passa le mot : c'était une aubaine à ne pas négliger. Pendant un temps, l'école de Batuan — où habitaient Mead et son mari —, soucieuse d'explorer les profondeurs du monde de l'inconscient, ne peignit que goules, fantômes et vampires, visions démoniaques et autres chimères d'esprits hantés. « Un bon rêve, c'était des sous en plus. Un bon rêve rapportait du bon argent : voilà qui accrut sans doute considérablement le potentiel de rêve des Balinais, suggère-t-on aujourd'hui à Bali. On ne saura jamais si les Balinais ne rêvèrent pas leurs rêves pour se les faire payer. » Mais finalement, tout le monde y trouva son compte, même si la schizophrénie des Balinais n'a toujours pas été prouvée.

Le Puri Lukisan est l'œuvre conjointe du peintre hollandais Rudolf Bonnet et du prince Tjokorda Agung Sukawati (dont le père, l'un des hommes les plus riches de Bali, possédait [dit son fils] « environ quarante-six épouses, trente-cinq concubines et une voiture à cheval », bientôt remplacée par une automobile, hommage au progrès et au statut du colonisateur). Bonnet s'installa à Ubud en 1930, dans un pavillon posé sur un bassin d'eau, face au palais du prince. Tjokorda Agung était soucieux d'ouvrir Bali à la modernité tout en la protégeant de ses excès. Bonnet l'y aida, avec Spies et Lempad, en fondant le Pita Maha. Entre autres choses, l'association était destinée à défendre les peintres et leur inspiration contre la rapacité des touristes et les tentations de la vente en série. Il fallait évoluer, certes, mais en même temps garder son génie propre. Les galeries étagées le long de la route d'Ubud, où l'on voit les mêmes perroquets rouges ou roses indéfiniment reproduits sur fond vert, offrent la preuve, s'il en était besoin, de la difficulté de l'entreprise.

Bonnet avait les traits dignes et sévères des Huguenots d'antan. Les peintres l'aimaient, l'admiraient, l'imitaient. Pendant la guerre, il fut balloté de camp en camp : Paréparé, Bolong, Macassar... Puis, dans les années cinquante, peu après l'Indépendance, on l'expulsa d'Indonésie (pour avoir refusé de terminer un portrait de Sukarno, dit-on), au moment où commençait la construction du Puri Lukisan selon ses plans. Au grand dam des Balinais, Bonnet s'en revint donc en Hollande. Il retourna pourtant dans l'île, plusieurs fois, et termina son musée. En 1978 il mourut. Mais la mort à Bali, ce n'était pas la fin. L'acte principal restait à jouer. Au-delà des aléas de la politique, il fut dédié à l'amitié. À la mort du Cokorde Gde Agung Sukawati, lors d'une grande cérémonie de crémation, l'une des plus belles qui eurent jamais lieu, on brûla ensemble le corps du prince et les cendres de Rudolf Bonnet que ses amis avaient fait revenir de Hollande.

Le lotus et le « Knalpot »

Le musée est séparé de la rue et du bruit de la circulation par un escalier raide et long. Nous le gravîmes lentement : tout mouvement par une telle chaleur requiert de l'héroïsme, même si la taille monstrueuse des arbres et des plantes parasites enroulées tout autour vous mène, telle Alice à la poursuite du lapin blanc, toujours plus loin de surprises en merveilles. Au moment où, trempé de sueur, on est prêt à crier grâce, le terrain s'aplanit, l'espace s'ouvre, trois maisons basses à demi dissimulées par la végétation apparaissent : le Puri Lukisan. Soudain, cette clarté. Au centre, enjambé par un petit pont que bordent des arceaux, un bassin d'eau tranquille d'où montent les longues tiges des fleurs de lotus rose — le siège où médite le Bouddha, on ne peut l'oublier. Et le jet d'une fontaine, régulier et discret. On s'assied sur le rebord du pont, on regarde le vol des insectes, leur zigzag engourdissant. Loin de toute pensée, de toute inquiétude, de tout désir.

Rien ne compte plus que cet instant dans ce jardin, la coupe large des fleurs de lotus et le bruit doux de l'eau qui coule, rien n'a plus d'importance — ni même d'existence. Seule la perfection de l'ombre au bord de cet étang. Elle englobe les deux petits personnages immobiles, pris dans le tableau et comme soustraits au temps. « Nous sommes là pour l'éternité, hors du temps et du changement. » Relisant le poète anglais Kathleen Raine, une fervente disciple de Blake, c'est ainsi qu'en rétrospective je nous vois, car le moment même était plein — si plein que je n'ai pas imaginé d'en sortir.

L'ombre protectrice s'étendit sur notre visite, sur les peintures mystérieuses et naïves rassemblées par Bonnet. Un troisième pavillon, situé un peu à l'écart des deux autres, offrait des cartes postales que vendaient deux jeunes filles. La curiosité me vint — la Bible nous dit qu'elle perdit Ève — d'en voir l'intérieur. « Knalpot » lisait-on en grosses lettres sur une banderole.

Sans méfiance, nous entrons. C'est un grand hangar vide. Dans un coin, posés par terre, des dizaines de flacons d'urine et de lampes clignotantes ; l'œuvre est sous-titrée : « Énergie » ; les artistes sont de Yogyakarta, deux seulement de Bali. Du lotus rose au bocal d'urine. Je sais bien que le lotus prend racine dans la boue et que D. H. Lawrence, partisan de l'alliance des contraires, s'en émerveillait, mais tout de même. Sans préparation aucune, je refais pour mon compte (et Sacha peut-être pour le sien, l'étonnement lui a coupé la parole) la triste expérience d'Adam et Ève chassés du paradis terrestre, chutant brutalement des hauteurs d'un monde mythique et éternel sur le sol dur de l'Histoire tel que le façonna le XXᵉ siècle.

Le guide, auquel nous demandons une explication, trouve deux mots (ce qui est peut-être dû à son absence de vocabulaire anglais) : ici c'est « moderne », là-bas « traditionnel » ; puis un troisième : « c'est moderne, politique ».

Knalpot, ai-je appris plus tard, ou tuyau d'échappement en hollandais : tube par où s'échappent les gaz et la pollution. Ou encore, refus, révolte, rejet. Guerre contre une corruption omniprésente. D'un côté la force pérenne de la légende et des mythes, de l'autre le temps qui se remet en marche, pesamment, lourdement, racontant une histoire, toute actuelle celle-là, de détresse et de lutte : les deux dimensions existent, parallèlement.

Sur la route de l'aéroport, au retour (je devance un peu les événements), le chauffeur, un jeune sportif en tenue de safari, doté d'une sorte de sombre énergie, nous a affirmé :

— Notre pays va très mal.

— Bali aussi ? (Moi, pleine d'espoir.)

— Bali fait partie de notre pays.

— Bali est touchée économiquement ?

— Le pays est touché économiquement, politiquement, moralement. L'influence des autres îles vient jusqu'à Bali. Bali est moins atteinte que les autres, mais ça ne va pas bien non plus et ça ne peut pas aller bien. En Indonésie, il y a 10 millions de jeunes au chômage ; à Bali on sent bien l'effet de la crise. Ce mal a un nom : c'est la corruption. Vous pouvez dire ce que vous voulez (j'avais fait une allusion timide à quelques scandales en France), pour la corruption nous sommes les plus forts.

Cette dernière réplique avec une sorte de fierté amère qui interdit tout commentaire. Au reste, la situation du pays est suffisamment complexe et explosive — même si, à Bali, on ne s'en aperçoit guère — pour qu'on préfère ne rien ajouter.

À ce moment nous passons devant une statue de Bima enfant combattant un dragon. L'orgueil de notre chauffeur change soudainement d'objet, son humeur s'éclaircit. « Bima est l'un des cinq frères Pandawa. Vous ne le savez peut-être pas, les frères Pandawa réunissent en eux toutes les caractéristiques de l'espèce humaine : vous pouvez penser à n'importe quelle personne autour de vous et vous retrouverez son modèle chez l'un des Pandawa. En eux, il y a tout. »

Allons, les mythes anciens à Bali ne sont pas morts.

Le Bambou Café

Le soir de cette visite au musée, nous avons traîné dans les rues sombres de la ville, encore chaudes de l'étouffant soleil du jour. De loin en loin, un réverbère répandait un peu de lumière. À un carrefour, un petit attroupement s'était amassé autour d'un objet colossal et indistinct. Nous nous sommes approchés. C'était un monstre énorme de carton-pâte, ventru, griffu, poilu et menaçant, bras écartés et tête baissée, dont les traits se fondaient dans l'obscurité. En criant et poussant, en tirant au moyen de cordes, une douzaine d'hommes parvint peu à peu à le redresser. Il oscillait maintenant très haut au-dessus des têtes, noire silhouette géante, mi-animal, mi-homme, avec sa crinière hirsute qui se balançait dans l'air lourd de la nuit. À grand-peine, on fit entrer la créature fantastique dans un hangar à quelques pas de là, puis on la ficela sans plus de façon dans un coin, dans l'attente de quelque fête de la pleine lune, le lendemain.

Au restaurant, que nous avait signalé un lumignon unique, deux Américains barbus déguisés
en rajah et le front ceint de blanc discutaient à
voix basse, allongés dans une alcôve. Leur chevelure épaisse, gonflée de dreadlocks et nouée en
queue de cheval, leur tombait au bas des reins.
Atmosphère opiacée, ombres chuchotantes, volutes
de fumée, conversation rêveuse. Dans le bassin
sous le ciel noir, au milieu des quelques tables, des
grenouilles coassaient parmi les lotus. On nous
apporta un riz pimenté sur une décoration de
feuilles de bananier. « Tu sais, deux voix qui s'har-
monisent sont parfois plus puissantes que vingt
voix qui chantent ensemble. » Dans le calme de la
nuit, leurs propos flottaient jusqu'à nous.

Les gens d'Ubud les connaissent. Ils se rendent
au temple, se mêlent aux célébrants, participent
aux cérémonies d'offrandes. Des anciens hippies,
ils n'ont visiblement pas la pauvreté mais quelques
habitudes. Fuyant une société matérialiste, à la
richesse et à la misère durement contrastées, ils
sont venus ici, jouer à l'innocence, parmi une
population à la fois tolérante et amusée. Bali les a
recueillis, Eldorado des esprits déboussolés en
quête de spiritualité et de vie nouvelle. « Ils ne
nous gênent pas... » nous a-t-on dit.

Ainsi rejoignent-ils le flot des peintres et
artistes, visiteurs d'un jour qui n'ont pu repartir,
retenus par un paysage plus chargé d'expression,

plus vibrant de présences qu'aucun au monde, fixés pour le reste de leur vie dans cette île dont ils se sont acharnés à capter ce qu'il faut bien, faute d'un meilleur mot, appeler la magie, ou, peut-être, présence très ancienne de l'imaginaire — cet esprit diffus, insaisissable et pourtant si manifeste, qu'on peut bien s'évertuer à peindre ou à décrire, tout en sachant qu'au bout du compte on aura, au mieux, réussi à faire passer un souffle d'exotisme, c'est-à-dire quelque chose d'extérieur à notre réalité, de plaqué, et donc d'artificiel, alors que c'est précisément de l'inverse qu'il s'agit : d'une dimension essentielle à l'humain et qui, en Occident, s'est depuis longtemps perdue.

La danse

On a beau dire qu'Artaud s'est servi du théâtre balinais pour l'opposer au théâtre occidental, s'appropriant ainsi une autre culture à des fins de démonstration personnelle, il a tout de même capté, mieux que tout connaisseur ou savant (n'en déplaise à Susan Sontag qui a proféré cette critique[1]), l'essentiel de cet art qui est fondé sur le mouvement pur, l'éloignement de toute psychologie et la relation fondamentale à l'hallucination et à la peur.

La peur — la peur panique, incontrôlable, omniprésente, remontée de si loin que la cause en est insaisissable, c'est ce personnage au masque figé, yeux exorbités, bouche étirée sur un rictus, qui l'exprime avec ses mains gantées de blanc. Mains agitées, inquiètes, frémissantes, « mains volantes comme des insectes dans le soir vert[2] »,

1. « L'une des fictions les plus séduisantes qui aient jamais été écrites sur le théâtre oriental. »
2. Toutes les citations de ce passage sont d'Artaud et proviennent du *Théâtre et son double*.

que prolongent des ongles immenses et crochus,
serres, griffes ou branches, on ne sait ; elles trem-
blent et se débattent tels deux oiseaux éperdus,
voltigent en tous sens, bientôt ne sont plus que
palpitation intense, fébrile, affolée, qu'accompagne le rythme, fou lui aussi, tambours et cymbales du gamelan. La musique apparaît d'ailleurs
comme née du mouvement, comme émanant du
corps habité des danseurs, l'achèvement naturel
de leurs gestes — tant les correspondances sont
étroites entre la vue et l'ouïe, le geste et le bruit,
« ces bruits de bois creux, de caisses sonores,
d'instruments vides (dont) il semble que ce soit
les danseurs aux coudes vides qui les exécutent
avec leurs membres de bois creux ». Il faut noter
que la danse et la musique se déploient sur trois
plans différents : la structure de base, régulière,
la mélodie, qui varie, et les accents rythmiques,
donnés par cymbales, gongs et tambours qui,
seuls, sont reliés aux mouvements de la danse.
Parfois fluide, parfois interrompu, le geste peut
être répétitif au point de se faire vibration continue ; joint à la musique, il ne tarde pas à produire
sur celui qui regarde un effet d'hypnose : le jugement « suspendu », le regard lui-même suspendu,
inactif, on est envoûté, envahi, enlevé à soi-même,
rendu à cet état d'avant la pensée et la parole
d'où la danse semble provenir. « On sent dans le
Théâtre Balinais un état d'avant le langage et qui

peut choisir son langage : musique, gestes, mouvements, mots. »

Tout ce qu'expriment ces volettements affolés,
ces yeux dilatés, ouverts sur quelque vision intérieure insoutenable, ces bonds et soubresauts, ces
tensions musculaires, c'est, au moyen de gestes
contrôlés, expérimentés depuis des siècles, la terreur animale venue du fond de l'être, ce « bour-
donnement grave des choses de l'instinct » que la
parole est impuissante à élucider et qui, ici, nous
est restitué de façon véritablement magique.
C'est dire que nous est suggérée, donnée à voir et
à sentir (non à comprendre), une réalité obscure
et fabuleuse, avec sa charge de poésie et d'effroi.
Que cette réalité soit intimement liée au monde
de la nature, et même à toute l'étendue du cosmos, est une évidence pour qui regarde et écoute
un instant : cette musique où coulent les sources
d'eau et marchent les insectes, où craquent les
branches d'arbres et souffle le vent dans les
roseaux, ces corps raidis par la transe ou agités de
spasmes, comme en proie à des démons intérieurs, ou comme traversés d'influx cosmiques…
Ce sont les hauts volcans de l'île et ses pluies
sonores, ses forêts épaisses et bruissantes de voix
qui animent la danse frénétique dont les raideurs
et les angles, l'aspect heurté, cassé, disent bien la
violence à laquelle les corps sont soumis.

Ou ce danseur d'une beauté ambiguë et stupé-

fiante, harnaché d'or comme un pharaon d'Égypte
et maquillé lourdement — yeux charbonneux et
sourcils droits, lèvres rougies dans un visage tri-
angulaire de chat — dont l'apparition sur scène
nous enfonce un peu plus dans un entre-deux
mondes étrange. Ses attitudes, d'une extrême
féminité, suggèrent séduction, lutte et soumis-
sion, sans que ses traits immobiles livrent la
moindre indication de conscience ou d'émotion.
Son visage est impersonnel, comme figé, seules
bougent les prunelles noires dans les yeux agrandis et la tête d'un côté à l'autre du cou, comme le
long d'une glissière. Chaque geste d'une précision
absolue, mathématique, comme réglé de toute
éternité. Ces mouvements mécaniques, ces roule-
ments d'yeux fous, cette cassure improbable des
membres, ces têtes qui vont d'une épaule à l'autre,
ces déplacements saccadés comme ceux de marionnettes dont quelque dieu caché tirerait les fils ont
un sens exact — sens que leur confère l'intention
originelle, ou l'impulsion première, et que nous
transmet sa manifestation dans les corps qui évo-
luent en ce moment précis, devant nous. Pour ne
le saisir qu'intuitivement, nous ne doutons pas
un instant de sa force ni de sa vérité.

La danse balinaise ne semble pas représenter
une histoire, ni une situation avec les réactions
qu'elle appelle, pas même un sentiment, mais
peut-être un état d'esprit. Et celui-là, traduit par

un seul geste indéfiniment répété, rendu à ses caractéristiques essentielles, dépouillé, épuré, réduit jusqu'à devenir un schéma qui contient et rassemble toutes les différences, a quelque chose d'éternel. « Une espèce de terreur nous prend à considérer ces êtres mécanisés, à qui ni leurs joies ni leurs douleurs ne semblent appartenir en propre, mais obéir à des rites éprouvés et comme dictés par des intelligences supérieures. C'est bien en fin de compte cette impression de Vie Supérieure et dictée, qui est ce qui nous frappe le plus dans ce spectacle pareil à un rite qu'on profanerait. »

Ces danseurs, qui ne sont d'ailleurs nullement professionnels (tout le monde est danseur à Bali, le forgeron et le fermier, comme chacun, depuis l'enfance, est musicien), se produisaient par une nuit chaude et noire dans la cour du palais Sukawati. Telles des apparitions, ils surgissaient soudain dans l'encadrement d'une porte encastrée, au sommet d'un haut escalier de pierre. C'était la porte d'entrée du palais, toute rose et féerique dans l'illumination de dizaines de lampions.

En la contemplant, j'avais l'impression d'avoir passé une frontière, d'être entrée dans un monde aux formes fantastiques. Auréolée de lumière, la sombre silhouette de Rangda aux mains criminelles obstrue l'étroite ouverture du porche. Dans la danse du *telek*, un danseur masqué de blanc évoque irrésistiblement le valet de cœur chargé, dans *Alice au pays des merveilles*, de porter sur un coussin la couronne du roi, avant que les cartes en furie ne s'abattent sur Alice... Ces créatures effarantes habitent la même réalité que la mienne, ou bien c'est que, *comme moi*, elles sont de la même étoffe que les rêves. Elles ne relèvent pas de l'art, ce qui serait le cas sur une scène occidentale, devant laquelle on reste conscient de l'artifice et d'une séparation : voici un conte de fées, ces éléments fabuleux révèlent l'ingéniosité du metteur en scène ; non, elles participent du songe, ou de la vie, ce qui revient au même.

Mais au-delà de la magie née de la beauté de l'architecture, des costumes, de la musique et de la danse, s'impose la dimension spirituelle sur laquelle Artaud insiste tant — celle du théâtre oriental et, en général, d'une culture plus élaborée et plus raffinée que la nôtre, plus complète aussi, puisqu'elle prend en compte les divers aspects de l'humain, puisqu'elle l'exprime dans son *intégralité*, dans un milieu qui n'est pas seulement celui des hommes mais aussi des arbres, des animaux et des plantes auxquels il reste lié.

Pourtant c'est à Java, au Dalem Pujokusuman à Yogyakarta, que cet « enrobement spirituel » du moindre geste m'est le plus clairement apparu.

Dans cette école de danse classique dissimulée au fond d'une ruelle obscure où filaient les rats parmi les détritus, nous étions ce soir-là, Sacha et moi, les deux seuls spectateurs. Spectateurs payants, c'est-à-dire officiels, car, derrière une palissade de bois, les habitants de ce faubourg de Yogya s'étaient groupés comme chaque nuit, les enfants perchés dans les bras des parents, tout le monde suivant le spectacle, l'œil fixé dans l'interstice entre les planches, ou bien, pour les plus grands, en regardant par-dessus. De temps à autre un chien errant passait et venait lui aussi glisser un œil et ajouter son mot.

Les musiciens du gamelan dans leurs beaux habits rouge et or, assis en tailleur à l'arrière de la scène, avaient commencé à jouer. Alors sont entrés les danseurs qui marchaient à croupetons, glissant comme au long d'un fil invisible et coiffés de leurs tiares étranges en forme d'ailes, de flammes ou de coquilles, précieux échafaudages sur lesquels tremblaient comme des antennes d'insectes géants. Silhouettes statiques, yeux baissés, visages immobiles. Puis un mouvement très lent, absolument maîtrisé et précis jusqu'à la moindre courbe — jusqu'à l'angle musical de l'avant-bras et de la main, jusqu'au bout des doigts incroyablement incurvés, jusqu'à la pointe des ongles d'une improbable longueur. Ce mouvement est effectué dans la plus grande concentration et il paraît dicté de l'intérieur ; imperceptible tout d'abord, il se propage dans le corps tout entier — une onde de mouvement émise à partir d'un centre invisible —, anime ses extrémités et semble se poursuivre d'un danseur à l'autre, les traversant comme une même impulsion venue des profondeurs, comme une même vague musicale. On en arrive à un résultat surprenant : alors que l'expression est purement corporelle (elle ne provient pas des traits du visage), l'esprit ne cesse d'être présent et, même, de dominer.

L'extrême recueillement, la gravité des gestes, dépouillés, linéaires, ôtent de la tête de qui regarde toute idée d'imitation d'une quelconque réalité : il s'agit bien plutôt d'un cérémonial religieusement accompli, d'un rituel qui fait naître le sentiment du sacré — même si, exécutée devant des spectateurs, cette danse a en fait un caractère profane.

On représentait, ce jour-là comme les autres, un épisode du Ramayana. Rama retrouve Sinta après une longue séparation et doute de sa fidélité. Puis Sinta subit l'épreuve du feu et en sort indemne, lavée de toute accusation. Enfin, tous deux se rejoignent. Ils s'agenouillent l'un devant l'autre : seuls quelques infimes changements dans la pliure des articulations, quelques tours exécutés avec les poignets indiquent la progression de l'histoire, un détour dans le destin des héros. Et pourtant, je ne vois aucune résolution de drame sur nos écrans occidentaux, aucune scène de réconciliation qui pourrait se comparer au simple agenouillement de ces deux personnages pour l'intensité qu'il dégage et qui tient au pouvoir de suggestion de l'esprit.

C'est que ce geste est sorti de l'épisodique pour devenir signifiant de l'état qu'il traduit — ici l'amour, la jalousie, la fureur, la réunion, le pardon —, il se fait signe, symbole, et renvoie, non à tel sentiment dans sa particularité trop étroite, mais à l'essence de ce sentiment, de cette émotion.

Et par quelque virevolte incompréhensible, ce hiératisme étrange et excessif, ces coiffes bizarres, faites d'une extravagante combinaison de perles, de fleurs et de plumes, ces costumes brillants, assortis d'ailes et de kriss, ces postures qui brisent le corps et le torturent, voilà qu'ils ont cessé de nous être extérieurs ; ce qu'ils expriment est *en* nous, ils nous parlent de façon intime, essentielle : l'identification a eu lieu.

Java

Entre Bali et Java

À propos de l'avion, on parle volontiers de tapis volant, de coffre magique reliant comme par miracle les vies les plus différentes : on est transporté non d'un pays à l'autre, ce qui est banal, mais d'une planète à une autre, et les réalités ainsi mises bout à bout en l'espace d'un clin d'œil sont sans rapport ni commune mesure, ce qui prouve bien qu'il y a là le tour d'un enchanteur.

Entre Bali et Java, cet enchanteur se montre d'une notoire incompétence, je puis vous l'assurer, c'est un voyage où chaque minute compte pour des heures. Dans le ciel tropical, gorgé de pluie comme une éponge, la carlingue qui au sol semblait robuste n'est plus qu'un vulgaire grelot, débris insignifiant parmi les nuages noirs dont les masses colossales s'ouvrent en abîme ou culminent à l'infini, chargées d'une menace bien plus terrifiante que la chute. Une heure de ce régime entre Denpasar et Yogyakarta, c'est suffisant pour descendre de l'avion les jambes molles, plus très sûr de ce qu'on a quitté ni de ce qu'on espère trouver, incapable de relier la vie sur terre à l'expérience traumatique qu'on vient de traverser. Et puis l'on oublie, jusqu'à la prochaine fois.

Au moment où nous laissions Tjampuhan et son hôtel, une famille américaine faisait son entrée. Briqués, cirés, astiqués, reluisants de santé, ils ont les yeux clairs, des chapeaux de cow-boy et l'assurance des conquérants de longue date. Leurs voix tonitruantes envahissent le hall; ils inspectent, organisent, décident, prennent possession des lieux dont le discret génie s'est éclipsé sans attendre; valises et sacs de belle allure sont alignés en ordre de bataille, une seule longue rangée sous contrôle. Le petit gnome silencieux qui préside à la distribution des chambres m'avait adressé l'ombre d'un sourire.

Au Yogya Village Inn, nous avons retrouvé son semblable, poli, affable, discret, d'une courtoisie presque excessive, mais prêt à rire avec nous de tout et de rien, d'un mot, d'un signe, d'un malentendu. Cette sorte d'insouciance apparente, de gaieté de l'instant, de réponse pleine d'humour à des événements insignifiants mais qui ici prennent un sens — puisque le rire relie, même de façon fugitive —, nous l'avons souvent remarquée en Indonésie, et elle nous semblait ajustée au paysage, aux animaux en liberté, au monde environnant, en accord avec eux, comme une réaction instinctive du corps et de l'esprit. Après ces heures de ballottement, c'était la certitude heureuse d'une continuité. Planant d'une île à l'autre, ce sourire effaçait la rupture du départ. J'aimais à le relier à mes lectures récentes, à cet empire des Majapahit dont il est question dans toutes les chroniques javanaises, qui l'aurait laissé comme sa marque, je l'imaginais, parmi d'autres traces moins importantes, à l'époque ancienne où il céda sous la pression des jeunes royaumes islamisés de Java et s'en vint massivement émigrer à Bali.

Passé la porte de l'hôtel qui est situé à petite distance du centre de la ville, le silence de la nuit noire, les formes plus sombres de la végétation qui bouge à peine, et le chant intermittent des crapauds autour du bassin d'eau.

En quittant l'aéroport, nous avions longé de larges avenues bordées de petites échoppes en tôle ondulée que parcourent en tous sens des Mobylettes audacieuses vrombissant au milieu d'un nuage épais de fumée. Des groupes de jeunes femmes voilées se promenaient lentement et riaient entre elles.

Yogyakarta

Si Jakarta est la grande métropole portuaire ouverte à tous les vents, le « carrefour » où l'archipel entier s'articule à Java, Yogyakarta, la dernière des villes princières, à distance de la côte et au centre de l'île, garde à l'abri des tempêtes venues de l'extérieur la somme d'un passé et l'image d'une culture que l'Indonésie propose aujourd'hui à l'étranger, telle une affiche séduisante : c'est l'héritage javanais, ancien comme l'histoire et fascinant comme les contes.

Le kraton de Yogya, le palais des princes, en est le cœur : ses battements animent la province, le pays et, tout autour, le monde. Selon la conception javanaise, l'espace est en effet divisé en cercles concentriques qui vont s'élargissant toujours, comme ceux que dessine sur l'eau le jet d'une pierre, avec, au centre, le kraton, résidence du souverain et moteur gigantesque dont les pulsations commandent et relient l'ensemble des activités humaines.

Et pour que ce tissu de l'espace soit plus serré encore, pour que n'existe ni creux, ni vide, ni solitude, pour que l'Être tout entier soit compris, assemblé, regroupé en quelques grandes catégories selon un système élaboré de correspondances qui joint les réalités les plus distantes, les villageois ont imaginé en sus d'autres liens, une autre disposition : une division de la périphérie en quatre secteurs, qui correspondent aux quatre points cardinaux, mais aussi, chacun, à une déité, à une couleur, à un métal, un liquide, un animal ou une série de lettres... à quoi on peut ajouter, si la fantaisie nous en prend, un jour de la semaine et d'autres choses encore. Pour l'est, la couleur blanche (l'argent, le lait de coco) et pour le sud, le rouge (le cuivre, le sang), pour l'ouest, la couleur jaune (l'or et le miel), et le noir (le fer, l'indigo) pour le nord, tandis que le centre est un alliage, une couleur mêlée, la synthèse des quatre orients, ou encore le bronze multicolore...

En nous montrant au plafond d'un palais de Surabaya la palette des couleurs fondamentales, le guide chantonnait : « Le blanc est la sérénité et le rouge la colère, le jaune est le désir, et le noir est l'envie. » Il en avait ajouté quelques autres de son cru et constitué un petit drame à destination des touristes : « Le violet, madame (avec un sourire salace), c'est la luxure, et le brun, monsieur (avec un regard complice), c'est le désir de tuer ; le bleu est la maladie et le vert, la paresse... »

Dès le lendemain de notre arrivée à Yogya, c'est au kraton que nous sommes allés, franchissant tant bien que mal les enceintes et la suite des cours qui ménagent une progression vers le saint des saints : la cour centrale, ou Pelataran, d'où l'on aperçoit — c'est tout — le lieu le plus sacré du palais, le Dalem Prabayasa, oratoire du souverain et coffre à trésor du royaume. Sans doute en 1945 l'Indonésie se proclama-t-elle république et les sultans perdirent leur pouvoir politique, mais une vision spirituelle entretenue pendant des siècles, renforcée par la féodalité javanaise qui comporte une bonne part de mysticisme, ne s'oublie pas en un jour, pas même en cinquante ans : le kraton est resté le cœur de l'univers, un réservoir d'énergie spirituelle.

Il suffit au reste, bravant les démons géants qui le gardent, de pénétrer dans le premier enclos pour comprendre qu'on a remonté le cours du temps — ou, plutôt, qu'on l'a laissé de côté : hors de ce lieu, il continue peut-être de s'écouler et les humains de s'activer et d'agir ; ici, il s'est arrêté à tout jamais, on a atteint le centre immobile du monde.

Il faut, pour se souvenir de son existence,

qu'un vieil homme, frappant sur son tambour chaque demi-heure qui passe, rappelle aux habitants du kraton qu'un peu de temps s'est enfui. Assis en tailleur dans la cour centrale et vêtu du sarong traditionnel brun et blanc, il lisait un manuscrit javanais du Mahābhārata. Parfois il consultait une vieille horloge, puis, d'un seul coup sourd, annonçait qu'une nouvelle demi-heure s'était envolée — sans rien changer.

Le temps, et l'indifférence dans laquelle on le tient, nous en avons vu les effets en visitant la maison du thé où sont pieusement conservés, sous leur épais velours de poussière, porcelaines vertes Napoléon III, immenses pichets de bière venus des Pays-Bas, argent terni de théières anglaises autrefois rutilantes : les cadeaux faits aux sultans par les cours d'Europe, le souvenir portant beau sous les marques de vieillesse qu'on a paisiblement laissé s'accumuler.

Ou ces pièces réservées à la vie du sultan Sri Senko Hamengku IX, le plus révéré de tous, général à quatre étoiles dans la guerre de libération, vice-président sous Suharto, ministre de la Défense qui signa l'Indépendance en 1949. Dans de précieuses vitrines tout au long des murs : une petite auto de bois à la peinture écaillée, une tenue de cheval défraîchie, un vieux gant éponge, une inoffensive paire de chaussettes, les deux feux sur butane d'un fourneau incomplet ; puis la succes-

sion des âges et des photos : bébé dans ses langes ;
boy-scout entre ses copains ; à l'école en Hollande ; après la cérémonie de la circoncision, avec
ses oreilles faunesques parées du symbole de la
sagesse ; assis jambes écartées et la mine farouche
pour la pose officielle. Ce mélange d'intimité, de
vie publique et de suggestion d'héroïsme proposé
au culte des foules en l'espèce d'objets ordinaires,
limés, patinés, usés jusqu'à la corde, qu'on a
soustraits au temps, mais sans chercher à en atté-
nuer les signes.

Les postures sont étudiées, toujours les mêmes
l'écartement des jambes, la position des bras et
des pieds, l'angle de la tête et la ligne de fuite du
regard ; ainsi l'exige la pointilleuse étiquette javanaise ; la personnalité effacée, retranchée derrière
le rôle. L'un des sultans, le numéro huit, avait
pourtant un peu triché, tout au moins on pouvait
le croire : Pierrot ou danseur, avec une rose grosse
comme un chou plantée sur la tête, le cou incroyablement étiré et les paupières mi-closes, il hésitait,
dans son cadre jauni, entre l'arrogance et le rêve.

L'arbre généalogique et ses branches ramifiées
où les fleurs représentent les bébés morts.

Nous pouvions bien traverser ce palais, nous
n'y avions ni place ni existence et pas plus de réalité que des ombres. À croiser ses occupants, qui

ne nous prêtaient pas la moindre attention, nous avions l'impression étrange d'être invisibles, de nous promener dans une autre tranche de temps.

Drapés dans leur robe sombre, le kriss passé à la ceinture, un calot brun enserrant étroitement leur tête, les vieux gardes du kraton ont une dignité qui en impose. Leur corps et leur visage semblent de bois très ancien, longuement travaillé, buriné, modelé par la fierté de leur rôle et le sens de l'honneur. Assis au coin des portes monumentales, le dos très droit, les yeux portant loin, ou traversant les cours d'un pas habitué, ils ne nous accorderont pas un regard.

Mais revenons-en à notre arrivée au kraton. Il faut un peu de chance et un esprit de décision prononcé pour passer la première enceinte grouillante de monde, d'étalages et de boutiques — ruelles entières d'échoppes et d'ateliers de batik, d'objets en argent et de peintres au travail. Un guide improvisé, aidé de ses copains venus à la rescousse, manœuvre fermement pour nous retenir. Nous sommes harponnés, arrêtés, entraînés, poussés, immobilisés, ensevelis sous un flot de paroles ; pas moyen de nous dégager. Comment ne pas trouver son bonheur dans tout ce bric-à-brac, à moins de faire preuve de mauvaise volonté ? Ce qui est impensable, notre guide en est sûr. Par cette chaleur moite, un sursaut d'énergie est toujours difficile, les forces comme les idées se dissolvent. Réagir vite est pourtant nécessaire si l'on veut échapper au zèle des vendeurs et découvrir la deuxième porte dans son haut mur de pierre.

Pénétrer dans la deuxième enceinte, laisser derrière soi le tumulte du monde extérieur — tout cela voulu par la symbolique des lieux; puis le silence, la paix, toujours plus profonds au fur et à mesure qu'on avance vers le centre; la vision de deux banians seigneuriaux symbolisant l'union du peuple et de son roi. Autrefois, dit-on, personne n'aurait osé passer entre les waringin, espace sacré que seul traversait le regard du souverain lorsqu'il trônait en majesté; des plaignants vêtus de blanc venaient s'y asseoir pour attendre son bon vouloir. Nous ne cherchons là qu'un peu d'ombre au sortir de la lutte, ne demandons qu'un peu de vigueur pour entreprendre la visite des cours et atteindre, le regard frais, la partie centrale entourée de son aura mystique. Mais ce n'est pas une question de regard, on le comprend vite, d'imagination, plutôt. Rien de moins spectaculaire que ces grandes cours vides et ombragées, ces pavillons de garde, ces édicules abritant canons, gamelans et calèches si l'on n'est pas attentif à l'esprit des lieux, rien de moins frappant que les portes immenses qui séparent les quadrilatères si l'on ne sait pas qu'elles furent conçues non pour arrêter l'intrus mais pour garder à l'intérieur les puissants effluves spirituels.

On nous montra le « Hall d'or » avec ses piliers aux savants graphismes où se trouvent réunies les trois religions : l'islam (l'écriture), le bouddhisme (le lotus) et l'hindouisme (les dents du géant) ; puis, tout au fond, plus à gauche, la porte obstinément refermée sur des mystères inconnus au commun des mortels. Peut-être, comme dans tout foyer, y voit-on simplement un lit d'apparat où le souverain rend un culte aux mânes de ses ancêtres et à la déesse Sri ? C'est sur la tentation de savoir que se termine la visite.

Lorsque nous sommes sortis, un gamelan jouait un air triste et lent — une complainte d'amour ; une femme chantait d'une voix nasale et haut perchée, comme dans l'opéra chinois. Ses accents étaient si plaintifs que, même sans comprendre les paroles, on savait bien que cet amour-là était sans espoir.

Un peu plus loin dans la cour déserte, nous avons croisé un nain coiffé d'un chapeau en forme de cône et vêtu d'un sarong échiqueté. Il marchait d'un bon pas, le sourcil froncé et l'ait important, et il nous ignora, comme il se doit. Il faisait partie des merveilles vivantes qui confortent l'énergie et l'efficacité du souverain, avec les albinos, les clowns, les devins et autres personnages fabuleux qui défilent en cortège les jours de grande fête.

Le wayang kulit

Depuis longtemps déjà, j'aimais ces marionnettes de cuir mince, ajourées comme de la dentelle, qui me rappelaient ces feuilles d'arbre dont je m'amusais, lorsque j'étais enfant, à ôter le vert en le tapotant doucement jusqu'à ce qu'apparaisse le fin réseau de nervures.

Au commencement était d'ailleurs un arbre en forme de feuille, comme ceux que dessinent les enfants. On l'arracha à la terre, où il s'enracinait, et l'affrontement commença : cet arbre était à la fois arbre et montagne — les deux symboliques étant réunies en lui — et il représentait l'équilibre du cosmos.

C'est ainsi, en effet, que commence le spectacle du wayang kulit : par la vision d'un arbre que fiche sur son support le *dalang*, maître des marionnettes. Puis l'arbre est enlevé du tronc de bananier et la tempête se déclenche. Que deux hommes se prennent de bec, que la société se dérègle et c'est tout l'univers qui craque et vibre.

L'arbre est projeté contre l'écran du monde, le gong résonne avec violence, le tumulte est terrible. Inversement, l'ascèse d'Arjuna, héros aux cent faiblesses, aura raison des forces naturelles qui, comme lui, ont tendance au débordement ; l'arbre revient en place, au centre de l'écran, le gong s'apaise, le rythme du gamelan reprend son cours régulier... L'équilibre est une question d'entente, tout simplement, entre macrocosme et microcosme : les hommes doivent veiller, la leçon est claire, à ne pas troubler la nature, qui sort facilement de ses gonds, ni perturber l'ordre cosmique, plus fragile qu'on ne croit. Un peu de contrôle de soi, point trop de rapacité, le respect d'un ordre tant intérieur qu'extérieur, tels sont les principes de l'éducation javanaise que le wayang kulit dispense soir après soir à travers villes, campagnes et villages, les dalang cheminant par les routes, avec le monde rassemblé sur leur dos.

Le tracé de leurs pas, c'est un peu l'ubiquité du wayang qui dans tout le pays anime les mêmes ombres et transmet les mêmes valeurs, que ce soit au cœur des palais ou au fin fond des rizières. Il assure la permanence des traditions et d'une culture répandue parmi tous, riches et pauvres, citadins et paysans. L'idée d'utiliser indirectement ces figures de peau, de manier leurs *ombres* finement sculptées et transpercées de lumière pour représenter le spectacle de la vie, l'embellir, enseigner et faire rêver, pour suggérer un mystère provenant d'une réalité cachée qui double le monde visible — cette idée, dont on devine les prolongements philosophiques, me paraît typique de l'esprit javanais épris de spéculations métaphysiques, de reflets, d'ombres et d'échos.

Manipulées au long des nuits derrière un écran illuminé, les « ombres de peau » ne racontent rien de moins que l'histoire merveilleuse d'une société idéale, peuplée d'archétypes, qui toujours se défait pour toujours se reconstruire — fluctuation éternelle des forces positives et négatives. Sans doute faut-il une nuit entière pour qu'au désordre succède l'ordre : du bruit, de la fureur, de la ruse, du courage et de la peur, et la paix retrouvée, toute la panoplie des passions humaines et mille péripéties que reconnaissent les spectateurs — car s'il existe des centaines de *lakon* ou épisodes différents, le schéma ternaire ne varie pas : exposition, batailles et cataclysme, restauration de l'entente. De neuf heures du soir à six heures du matin, en trois actes, trois mouvements, le dalang va donner forme à des centaines de destinées et rétablir une stabilité toujours précaire.

À sa gauche il a fiché les marionnettes représentant les personnages brutaux et grossiers (*kasar*), il en faut, ainsi l'exige la marche du monde ; à sa droite, les héros plus raffinés (*halus*), qui sont aussi plus petits et plus légers, mais qui l'emporteront, comme chacun sait, sur leurs adversaires bêtes et forts. On pourrait voir là, sous l'influence de l'islam moralisant, un partage entre bien et mal : il n'en est rien, les deux côtés sont tout aussi nécessaires au bon fonctionnement des choses.

Entre l'un et l'autre, le dalang, qu'on va de temps à autre regarder derrière l'écran, s'agite comme un beau diable : il mime tous les personnages à la fois, change de voix et d'accent, devient une vieille femme chevrotante ou un enfant bégayant, murmure et rugit tour à tour, improvise, se déchaîne, oscille tel un roseau dans le vent et, pendant tout ce temps, reste imperturbablement assis en tailleur.

Nous étions au musée Sono Budoyo, qui par ailleurs contient des merveilles, mais dont la salle de wayang ce soir-là était vide. Une grande estrade couverte des instruments du gamelan, du plus simple au plus complexe, un projecteur fixé au plafond, l'écran qui divise la salle en deux, une foule de découpes de cuir mince, de toutes les tailles et corpulences, géants et nains, clowns et princes pour l'heure couchés en tas, sans façon les uns sur les autres, et, de part et d'autre de cette scène, deux rangées de sièges vides ; quelques touristes intimidés par tout cet espace se glissent furtivement sur les chaises, hésitent, se concertent, passent derrière l'écran, reviennent au moment où le gamelan commence à jouer, puis choisissent le côté ombre avant de changer de nouveau.

Plus qu'Arjuna, aux traits longs et fins, ou que Bima le valeureux, m'ont frappée de petits personnages difformes et comiques, bavards et gesticulants qui occupaient l'écran une bonne partie du temps : les punokawan, protagonistes de la masse populaire qui, à la différence des figures héroïques tirées de l'épopée indienne, sont un pur produit de l'imagination javanaise.

Lente et lourde, le menton en galoche, enflée comme un crapaud, une vieille sorcière marche en claudiquant. Face à elle, un petit gnome, à l'air confus et au ventre rond, s'agite, se gonfle, fait l'important, tourne et vire, irrite, provoque, revient à la charge tel un moustique, avec pour armes sa petitesse et son insistance, chaque fois se heurte à l'indifférence et chaque fois repart à l'assaut. En vain. C'est pathétique et d'un comique irrésistible. L'autre reste de marbre. Quelques frémissements indiquent la défaite du plus petit et ses efforts pitoyables pour exister. Deux ombres, l'une immobile, l'autre virevoltante, un œil en coin, une tête baissée, et tout est dit. D'une virtuosité ahurissante ; pendant deux heures, nous sommes restés suspendus au ballet de ces ombres. Il s'agissait en fait du fameux clown Semar, nous l'apprendrons plus tard, dont la seule apparition provoque un mouvement de plaisir dans l'assistance, et de son fils Gareng le pied-bot. Manquaient Bagong, le plus jeune, et Petruk, le plus malin, avec son nez très long et ses lèvres fendues, qui un jour eut le tort de vouloir être roi, accaparant le titre prétentieux de Tongtongsot.

Comme les bouffons de Shakespeare, les punokawan sont les seuls à oser dire la vérité, à fronder et critiquer le régime en place. Ils vont même parfois si loin que certains dalang se sont retrouvés en prison après 1965... Ce qui montre que le wayang a su s'adapter aux temps modernes et ses héros évoluer sans perdre pour autant leur vocation originale. Arjuna (devenu Nusantra Putra) porte une casquette militaire et un pistolet dernier cri : il est un héros révolutionnaire, mais aussi l'un des frères Pandawa ; Bima, son aîné, est un guérillero qui combat les colonisateurs hollandais... L'actualité est passée en revue, les dernières mesures sont commentées, la hausse des prix et l'augmentation des naissances (le wayang aborde le planning familial, avec le clown Semar qui se livre à de multiples plaisanteries sur les familles nombreuses, rien de tel que le ridicule pour dissuader), les touristes en prennent pour leur grade : quelques mots d'anglais et l'assistance croule sous les rires.

Au cours de la nuit, le public entre, sort, mange ou s'endort, qu'importe, l'histoire, il la connaît depuis l'enfance, elle est mêlée à son existence,

moins spectacle d'ailleurs que partie intégrante
de sa vie, au même titre que ses autres activités,
tout cela fondu en un tout indissociable.

Mais ce soir, au musée, les spectateurs sont
occupés à photographier, peut-être à acheter l'une
de ces silhouettes de cuir que, dans l'atelier à côté,
des artisans ont pendant des mois découpées et
peintes de couleurs brillantes. La troupe, dalang
et musiciens, est repartie à moto, sans un regard
pour les touristes qui, entre taxis et becak, dans
la nuit grouillante de monde, trouveront bien le
moyen de réintégrer leur hôtel.

Politesse javanaise

« Qu'est-ce que la vraie liberté ? demandait Ki Adjar, un aristocrate de Yogyakarta qui tenta de réconcilier les méthodes pédagogiques européennes et traditionnelles. Ce n'est pas l'absence d'autorité, c'est savoir se contrôler soi-même[1]. »

Quitte à exploser de temps à autre avec une violence inouïe et à tuer au passage un pauvre diable, ou même plusieurs, les Javanais, entre autres sous l'influence du wayang, pratiquent une maîtrise d'eux-mêmes qu'ils ont élevée à la hauteur d'un art de vivre. Certes tout le monde n'est pas appelé, comme les Pandawa et leurs émules, à la « science de l'intériorité », au goût du dépassement de soi, qui exige la domination de ses intérêts propres et pulsions égoïstes en attendant le détachement de la sagesse, mais tout un chacun peut s'adonner au silence ou, au besoin, sou-

1. Cité par Denys Lombard, *Le Carrefour javanais*, vol. 1, EHESS, 1990.

rire : un sourire conciliant, qu'on interprétera
comme on voudra. Ainsi aura-t-on quelque chance
d'arriver à un compromis et de préserver la
fameuse harmonie. Pas de précipitation, attendre,
observer, aviser, ménager une issue et l'adversaire ; puis une réponse sibylline, et transiger. Seul
l'imbécile ne sait pas céder et s'obstine à avoir le
dessus. Il est vrai qu'on ne cherche pas à faire
impression, ni à se poser par rapport aux autres, ni
à affirmer son point de vue et sa personne avec
— l'attitude héroïque qui nous vient de Promé-
thée —, mais à tenir une place attribuée depuis
toujours, et à jouer son rôle aussi bien que possible.

À la façon de ce personnage d'Evelyn Waugh,
dans *Scoop*, qui, face à Lord Cooper, son patron,
un magnat de la presse, répondait « jusqu'à
un certain point », quand il voulait dire non, et
« indubitablement » quand il voulait dire oui, les
Javanais prennent garde de jamais asséner un avis
trop tranché ou de proférer des vérités toutes
crues. Un ambassadeur de Singapour en Indonésie raconte dans ses souvenirs qu'il avait amené à
Jakarta, chez Suharto, le Premier ministre de
Singapour, Lee Kuan Yew, afin de discuter du
rôle de Singapour comme centre financier possible pour l'Asie du Sud-Est. Au cours de la
conversation, Lee Kuan Yew suggéra que Singapour pourrait prendre des mesures pour soutenir
l'Indonésie. À quoi Suharto répondit : « Oui,

oui. » Le ministre comprit que Suharto se rangeait à ses vues. Mais, selon l'ambassadeur, le président avait seulement voulu dire qu'il avait entendu et compris. Suharto, à son avis, n'accepterait jamais une telle proposition. La suite prouva que l'ambassadeur avait vu juste.

C'est une qualité que de savoir taire ce qu'on pense. En Occident, au contraire, on a fait une vertu de la franchise — et une faute de l'« hypocrisie ». Mais qu'on y songe un instant : une totale franchise (dire ce qu'on pense) transformerait rapidement la vie en enfer. Imaginons une société où chacun commencerait à exposer à son voisin l'opinion qu'il a de lui (on pourrait jouer à un petit jeu : de qui ne pensons-nous que du bien ?)... Peut-être vaut-il mieux, finalement, modérer l'idée de franchise et modifier la proposition : dire ce qu'on pense, qui devient alors : dire une partie, soigneusement choisie, de ce qu'on pense ? Les Javanais ont parfaitement compris le problème et sont moins hypocrites que ceux qui louent la franchise sans vouloir constater que la pratiquer est impossible, ou nuisible.

Autre point intéressant de leur éducation : sauver la face, garder les apparences. L'instabilité, les sautes d'humeur, les revirements d'opinion et autres faiblesses mineures, en Occident on n'en

déteste pas les manifestations, on les cultive au
besoin, on les peaufine jusqu'à se fabriquer une
image de soi tout à fait acceptable qu'on ira présenter sur la scène publique avec une certaine
complaisance — pensons au stéréotype de
l'homme bourru, fort en gueule, bref odieux, mais
finalement bon bougre ; ou de la femme prompte
à crier et s'énerver mais qui en définitive s'en tient
là et fait plus de peur que de mal, toutes ces petites
fautes étant un signe de vulnérabilité et donc
d'humanité, aimables pour cela même. Eh bien,
en Asie, ces éruptions domestiques (voix trop
fortes, vantardise, exhibitionnisme, éclats de rire
stridents, explosions et colères noires...) non seulement ne provoquent pas le moindre intérêt,
mais sont jugées comme les marques d'un manque
de contrôle de soi et, à vrai dire — c'est là une
faute majeure —, de finesse : visage empourpré,
yeux exorbités, c'est le personnage du « roi d'outre-
mer », *raja seberang*, qui incarne la vulgarité,
voire la sauvagerie. Manifester ses réactions est
inconcevable sauf, admet-on, chez « les enfants,
les animaux sauvages, les gens très primitifs, les
handicapés mentaux et les étrangers ». Tout au
moins, nos manières sont-elles prises en compte.

Mais il y a autre chose dans cet extrême souci
des convenances. Le calme de l'attitude, la placi-
dité du visage ne seraient que l'extérieur, l'enveloppe d'une philosophie complexe.

« La politesse est un instrument qui permet aux autres comme à vous-même de se sentir en paix intérieurement. » La politesse comme moyen de lisser, gommer, aplanir nos aspérités intérieures — qui, tels des crocs, attaquent, déchirent, lacèrent et font mal —, d'épargner à autrui, et à nous-mêmes dans une certaine mesure, l'agression trop forte des états que nous traversons. Et comment se sentir en paix, en effet, alors qu'on est en proie à de petits enfers intérieurs qui sans retenue se déchaînent — ou, moins grave sans doute, qu'on est assailli par ceux des autres : par leurs humeurs, leurs envies, leurs craintes plus ou moins bien fondées, leurs frustrations et jalousies, leurs fureurs mal rentrées et autres bagatelles ? (« Avec qui voudrais-tu converser, Où choisir / Compagnie qui ne soit source d'infection, / Que tu la donnes aux autres ou la reçoives d'eux », disait John Donne, poète métaphysique anglais du XVIIe siècle, qui avait le goût du paradoxe et dans cette « Compagnie » incluait amis comme ennemis, incitant le lecteur à se méfier des uns aussi bien que des autres, jusque dans l'autre monde.)

La lutte contre les passions et les désirs, considérés comme sources de troubles et de malheur, est à la base de la philosophie bouddhiste — dont on sait l'influence qu'elle a encore sur l'Indonésie. « Soyez libres de doutes, de colère, de malveillance, d'hypocrisie, de dénigrement, de jalousie, d'avarice, de ruse, de tromperie, d'arrogance », dit le Bouddha dans l'un de ses discours. Certes. Le respect extrême des codes et de l'étiquette serait une étape intermédiaire destinée à la vie en société, la face externe, elle-même fort élaborée, d'un idéal d'excellence.

Les Javanais, comme les Anglais auxquels on reproche à tort leur art de la dissimulation, ont donc la grande sagesse de taire leur agitation intérieure, de modérer des démons malins qui, à tout le moins, devraient rester cachés, si on ne peut totalement les réduire à néant. Répression, me direz-vous en lecteur averti, attention : danger, « retour du refoulé » et violences en perspective. Peut-être, bien que rien ne soit aussi simple. À ce jour, le problème n'est pas résolu, on ne peut qu'émettre des préférences.

Leur réaction n'est jamais primaire, ni même secondaire d'ailleurs. Les étrangers, qui ont longtemps vécu en Indonésie et parlent parfaitement la langue, croient parfois la comprendre ; ils s'aperçoivent bientôt qu'il leur reste encore trois ou quatre degrés de sens, ou davantage, à pénétrer s'ils veulent vraiment faire le tour de la question.

De Yogyakarta à Borobudur

Le soleil est tamisé par une épaisse couche de brume, mais il fait déjà une chaleur de four. De bonne heure le matin, nous suivons derrière un écran de fumée noire la file des camions qui s'étire. Les deux roues zigzaguent et se doublent en tous sens, tels des insectes bourdonnants. Entre les cocotiers et les bananiers, la route s'enfonce droit dans le ciel blanc.

Les abords de Borobudur, « le plus grand temple bouddhiste du monde et le plus ancien d'Asie du Sud-Est », ne sont qu'une usine à touristes, Javanais d'un côté, qui forment le gros du contingent, étrangers de l'autre : les tarifs sont plus élevés ; puis, passé les guichets, tout le monde se retrouve. On marche par petits groupes le long de vastes pelouses.

Au détour d'un chemin, la masse noire et compacte de Borobudur apparaît soudain. Surmontée de son stupa, imposante et lointaine, elle couronne largement le sommet d'une colline. Dans la chaleur de plomb, les yeux levés vers elle, on chemine à ras de terre, comme les pèlerins d'autrefois. En approchant, on distingue les pointes des multiples stupas dont les terrasses sont hérissées et qui forment une sorte de ponctuation régulière le long des côtés. La légende veut que le Bouddha, dans sa volonté de dépouillement, ait quitté sa robe qui en tombant dessina un cercle à ses pieds, posé dessus son bol de riz, puis planté sur le tout son bâton de pèlerin. Ainsi est née la forme du stupa. En fait, il s'agirait d'un tumulus funéraire surmonté d'un pilier de bois qui symbolise le lien entre les mortels, la terre et le monde souterrain ; quoi qu'il en soit, pour les Occidentaux, le stupa ressemble tout bonnement à une cloche.

On s'arme de courage pour entreprendre la longue montée des escaliers étroits et raides qui, franchissant les cinq terrasses et trois cercles initiatiques, mènent à la dernière sphère. Autant s'inspirer de la flamme ascensionnelle sculptée au départ de l'escalier, ou de ses lectures récentes sur le symbolisme du temple, sinon le risque est grand de sauter les étapes et d'aller droit au but — et encore, en soufflant et ahanant —, de manquer ainsi les kilomètres de bas-reliefs qui dévident au long des terrasses les épisodes de la vie de Bouddha, et, surtout, de ne rien comprendre au sens de cette difficile ascension. Dans leurs niches de pierre, quatre cent trente-deux bouddhas sourient. Tels les ascètes javanais méditant dans leur cave, ou les dieux habitant les pentes du mont sacré Suméru. À force de regarder ces centaines de sourires tournés vers l'infini du paysage, on entre un peu dans l'esprit du pèlerin du IXe siècle ; il venait faire là son éducation spirituelle et accéder à un degré de conscience supérieur en s'affrontant aux dix niveaux de l'existence. Grimper, s'élever de sphère en sphère. La première est celle de la vie quotidienne, il y contemplait les régions du désir et de la damnation, enfers et délices. La deuxième est celle des formes pures : il s'isolait dans les galeries, les parcourait dans un sens, puis dans l'autre, méditait sur les bas-reliefs de chaque côté, suivant le trajet de l'homme à la recherche de la vérité ; ce voyage-là était long et ardu ; sans parler de l'effort spirituel, il devait marcher six kilomètres dans la chaleur torride, protégé il est vrai par l'ombre des murs, en retrait du monde dont il n'apercevait plus que le ciel. Puis il accédait à la pleine lumière du jour et aux trois terrasses circulaires ornées de leurs stupas ajourés. Il regardait les bouddhas assis à l'intérieur. Ultime transition. Dans la dernière sphère, il trouvait la libération, le détachement : le vide de l'immense stupa sommital, « clos sur le silence de la délivrance ».

Chaque année, des milliers de prêtres bouddhistes vêtus de longues robes safran affluent du monde entier et viennent en procession, à la lueur de la pleine lune, porter leurs offrandes et leurs prières à Borobudur. Comme eux, nous gravissions les marches du temple. Les terrasses entourées de leur parapet offraient de l'ombre, tandis que se déroulait au rythme de nos pas la longue bande dessinée ornée de rondeurs et de courbes, et de la douceur de ses personnages au sourire immuable. Le futur Bouddha vivait dans un palais au milieu des fleurs et de la musique, parmi d'innombrables dieux qui le vénéraient, quand il prit la décision de s'incarner sur terre. Dans la jungle, la reine Maïa dormait, éventée par ses servantes ; le Bouddha, sous la forme d'un éléphant merveilleux, entra dans son ventre. À son réveil, la reine avait rêvé cette scène et, bien étonnée, elle la raconta au roi, son époux. Puis elle sut qu'elle était enceinte du Bouddha et le roi partit de son côté, vivre en ermite... Au sortir du tunnel de la quatrième galerie, la vue se découvre jusqu'au lointain horizon, le monde se déploie subitement dans un fracas étourdissant de lumière et de couleurs, champs de riz, palmiers et bananiers et, plus loin encore, les flancs brumeux des volcans dont le sommet se perd dans les nuages, et la splendeur du vert décliné dans toutes ses nuances, explosant sous toutes les formes — en plumets, en touffes, en lames, en lances et en éventails, en

palmes et en franges, à perte de vue dans l'étendue émeraude des rizières. Puis toute cette richesse
s'apaise et se met en place, et l'on remarque l'aus-
térité de la pierre noire qui se détache contre
la luxuriance du paysage. Ce contraste entre
les bouddhas, droits et imperturbables, basalte
sombre et dur, profils éternels, et le fond doux de
la végétation, ce vert extravagant que brouille un
peu, qu'atténue la lourde humidité de l'air — ce
contraste m'a clouée sur place ; on a beau s'habi-
tuer aux images du monde, regarder, distraite-
ment il est vrai, les photos et catalogues qui
circulent, on n'en est pas moins frappé de stupeur
par l'entière nouveauté de certains assemblages.
Celui-là était totalement surprenant.

Puis on descend et on constate au passage que
les statues ont été mutilées, nombre de bouddhas
décapités par la frénésie marchande et l'avidité
des collectionneurs ; ne restent sur les socles que
des troncs sans tête.

Lorsque le touriste-pèlerin, épuisé par deux
heures d'ascension et d'étude en plein soleil,
quitte enfin le temple et croit pouvoir se reposer
— des pelouses vertes à l'horizon, enfin de la fraî-
cheur et de l'ombre —, il n'est en fait qu'au début
de ses peines. Mais il ne le sait pas. Dans la demi-
heure qui suit, il va vivre la pire de ses épreuves

ce jour-là. À peine est-il sorti de l'enceinte qu'il est entouré, immobilisé, assiégé, littéralement paralysé par la foule des vendeurs qui, à son insu, l'avaient repéré et l'attendaient patiemment. Ils ont eu tout le loisir — l'expérience les aide — de le jauger : degré de fatigue, faiblesse de caractère, esprit de décision, propension au doute ou à la bonté, âge, fortune, tout cela est pris en compte ; le touriste ne va pas tarder à pouvoir mesurer les dons évidents de ces vendeurs, leur finesse psychologique et leur ténacité. Il va d'abord tenter de se défendre, avec fermeté, puis de plus en plus mollement ; dans son désarroi, il va éventuellement adresser un signal d'alarme à son compagnon ou, faute de mieux — s'il ne peut plus bouger —, deux ou trois mots. Ces mots, en quelque langue qu'ils soient prononcés, ne tombent pas dans l'oreille d'un sourd : aussitôt saisis et interprétés, ils donneront au bataillon des assaillants une nouvelle énergie. Le touriste, maintenant isolé, a totalement disparu dans le groupe actif et gesticulant : il a perdu son soutien, il ne voit plus que des bras, des mains et des objets qu'on lui colle sous le nez, il n'entend plus, comme une litanie, chuchotée sur des tons qui varient de l'autorité à la supplication en passant par la confidence murmurée, qu'un « madame » (ou « monsieur », selon le cas), suivi de la mention d'une somme que l'approche des barrières de la seconde enceinte fait lentement décliner. À son désir de s'enfuir et de regagner au plus vite la sortie — désir illusoire, puisqu'il ne progresse que difficilement — se mêle une vague admiration pour tant de détermination intelligente et avisée. Cette hésitation, cette nuance nouvelle dans son humeur vont lui être fatales : l'attaquant, percevant dans la seconde les signes de ce changement climatique et voyant la porte toute proche, va utiliser la dernière et la plus forte de ses armes : il fait maintenant appel à la compassion — « I have no money », vous dit-il avec un grand sourire de connivence.

Et le visiteur éberlué se retrouve avec dix cuillers à café en corne de buffle, quatre statues de Ganesh, un stupa en bronze et divers autres gadgets si laids qu'il ne pourra même pas en faire cadeau. Qu'importe, il a joué comme il a pu son rôle de touriste, sans grâce ni brio particulier, et c'est bien ce qu'on attendait de lui.

Prambanan

À quelques kilomètres de là, un peu à l'est sur la route de Solo, la petite ville de Prambanan s'élève au milieu d'un champ de ruines. Tandis que les Saïlendra finissaient d'édifier Borobudur, vers le milieu du IXᵉ siècle, la dynastie hindouiste des Sanjaya construisait l'immense complexe de Prambanan : quelque deux cent vingt temples et templions. Peu après son achèvement, comme Borobudur, tout aussi mystérieusement, il fut abandonné ; on peut imaginer qu'une monstrueuse éruption volcanique recouvrit de cendres ces constructions prodigieuses, unissant les religions et leurs efforts sous un tapis d'un gris fer uniforme où poussa bientôt, pour mieux effacer toute trace de rivalité humaine et divine, une épaisse végétation : sans hâte la nature rétablissait ses droits ; pendant un millénaire, les temples restèrent enfouis et les cultes confondus.

Comme une apparition, surgies de nulle part, six pyramides futuristes se dressent en plein ciel, entourées de flammèches noires — six vaisseaux spatiaux peut-être, échappés d'entre les pages d'un roman de Jules Verne pour se poser là, dans ce décor étranger de prairies, pointés vers l'espace où ils vont repartir. Constructions fantastiques qui relèvent de l'imagination la plus audacieuse. Un millénaire plus tôt, venus en masse, ils recouvraient cette région, nommée l'Eldorado de Java, de leurs hautes flammes de pierre sombre. Six sont restés comme témoins de l'invasion, trois grands et trois plus petits. En traversant lentement l'étendue verte et plate, on a une fois de plus l'impression d'avoir quitté le monde habituel pour aborder une autre planète : pas de comparaison possible avec des visions familières, ni l'intrusion de ces pensées, de ces fantômes et de ces souvenirs que nous traînons avec nous et qui, par l'esprit, nous éloignent du lieu que nous voyons. On retrouve en de tels instants ce que les années et l'habitude nous avaient enlevé : la force d'un premier regard et, avec lui, ce sentiment de nouveauté qui s'accompagne toujours d'un peu d'euphorie. On rit facilement, on s'enchante de peu, les mots inconnus eux-mêmes font un bruit d'enfance et nous réjouissent. Nous étions prêts, en suivant notre guide, à nous émerveiller de la moindre de ses révélations.

Et il en avait beaucoup à faire. Il se tenait à l'entrée du temple, parmi un groupe de guides en uniforme bleu marine et blanc, tous bien astiqués et pleins d'ardeur, et il s'était avancé vers nous avec un sourire d'espoir.

Il parlait bien le français et l'allemand, nous dit-il, il avait appris les deux langues lui-même, dans ses lectures, et un peu avec les touristes.

C'était un jeune homme studieux, qui passait son temps de loisir dans les livres, collectionnant les mots nouveaux, comme d'autres les papillons ; non qu'il en sût toujours la signification précise, mais la beauté des sons et ce mystère même lui plaisaient, il soupçonnait là une force cachée et des niveaux de sens d'une profondeur insondable. Il raffolait de notions abstraites et s'amusait de raisonnements et d'arguties sans fin ; en particulier, il avait tiré de ses manuels de philosophie et d'histoire quantité de syllabes toutes neuves, de mots précieux tels darwinisme, évolution ou progrès, qu'il agitait à tout propos et en tous sens, leur ajoutant volontiers, pour en montrer l'ambiguïté, ceux de clonage ou d'euthanasie. Rapprochement hardi entre des matériaux anciens et modernes. Où les avait-il pêchés, ceux-là, dans quelle revue, ou quel journal ? À la télévision dont il ne parlait pas ? Il en avait forgé ou repris d'autres — cocacolonisation, par exemple — dont les sonorités visiblement le ravissaient, s'il blâmait totalement la réalité ainsi traduite. Après tout, l'Indonésie, avant les massacres de 1965, était le plus grand pays communiste du monde en dehors du bloc, avec son million et plus d'adhérents, et l'influence américaine y est encore assez mal vue. L'Occident et ses valeurs lui paraissaient mériter toute sa méfiance et, sans faire de prêche, il s'amusait à retourner comme un gant les mots les mieux établis, ceux qui ont pignon sur rue, tels développement ou optimisme (sans d'ailleurs se rendre compte qu'en Occident aussi ils posent problème à quelques-uns).

Il avait un sens poussé de la relativité et de l'« ambivalence » des choses, un train de voyelles chantantes qui lui plaisait et qui résumait assez bien l'ensemble de ses positions. C'est toujours là qu'il en revenait, à l'ambivalence, puisque « tout était double » et qu'aucun jugement moral, c'est-à-dire simple, n'était possible : être fourbe, être hypocrite ? Mais non, il ne voyait rien de mal à cela ; certains jours, c'était même nécessaire, d'autres, déconseillé, il l'admettait tout aussi volontiers. D'ailleurs, la trompe de Ganesh, le dieu de la sagesse et de la ruse, qui était assis là, devant nous, repu et tranquille, l'œil mi-clos et le ventre en avant, était tantôt à droite, tantôt à gauche ; et les six bras de Durga, la femme de Siwa, tenaient d'un côté une lance et une flèche, de l'autre un bouclier ; c'est qu'ils avaient des

fonctions non pas opposées, mais com-plé-men-
taires. Selon lui « tout marchait par couple
binaire » et notre morale, avec son opposition et sa
hiérarchie entre bien et mal, lui semblait sim-
plette et trop rigide : il n'y avait en fait ni bien ni
mal isolément, mais une tension permanente entre
les deux. Je ne sais s'il était musulman, comme
90 % des Indonésiens, mais c'était en ce cas un
islam fortement teinté par l'esprit des lieux. Du
reste l'islam est ici adouci par les croyances
locales ; implantées depuis des siècles dans les
esprits, assurées de leur force et de leur pérennité,
elles font bon ménage avec ce nouveau venu ; on
a d'ailleurs coutume de distinguer les *abangan*,
qui continuent de pratiquer une religion populaire sous un vernis islamique (et notre guide
m'avait tout l'air d'être un abangan), et les *santri*,
partisans d'un islam plus musclé, qui rassem-
blent les groupes les plus divers dans la lutte
contre l'Occident et dans le terrorisme.

De temple en temple, dans une chaleur qui
supprimait toute velléité de discussion, il s'appli-
quait à nous fournir des exemples de la justesse
de sa vision, trouvant le positif dans le négatif et
vice versa, montrant des corps qui étaient à la fois
femme et homme, un soleil et une lune, andro-
gynes eux aussi : relativisation des différences et
des principes qui nous parut au reste assez com-
mode et plus réaliste que le système tranché des

opposés. Les épisodes du Ramayana au long des bas-reliefs, les rats et les serpents, les singes et éléphants servirent eux aussi à la démonstration. Leur beauté lui importait beaucoup moins que de nous exposer ses vues sur la morale, qui avaient du bon, on ne peut le nier.

C'est avec ce philosophe polyglotte que nous entreprîmes notre visite de Prambanan. « Les temples, nous annonça-t-il, sont bâtis comme les obélisques, à la verticale, c'est-à-dire suivant le mouvement de l'érection. Mais, si vous préférez, vous pouvez interpréter cette verticalité comme une tension vers le haut. » Souci de concilier des ordres de réalité différents (mais, dans l'esprit de certaines religions, pas tant que ça, après tout). Il nous montrait maintenant des sculptures en forme de cloches, harmonieusement renflées en leur centre, resserrées à la base et surmontées d'un cylindre, qui rappelaient un peu les stupas et ornaient les temples par centaines : de loin elles produisaient cette impression de flammèches, qui m'avait frappée. C'étaient en fait des symboles de la fertilité, avec la pénétration du linga dans le yoni, l'organe femelle, mais aussi, pour les adeptes d'une religion plus pudibonde, la représentation d'un désir d'élévation, puisque, comme la pyramide tout entière, elles pointaient vers le ciel. « Dans la religion chrétienne, le ciel est en haut et l'enfer en bas, comme le bien et le mal. Dans l'hindouisme », qu'il n'hésitait pas à interpréter hardiment, « ils sont situés sur le même plan ». On aurait pu le contredire, après tout les tours ne représentent-elles pas l'empilement des mondes qui forment le cosmos, avec un soubassement, un étage intermédiaire et un sommet, donc une progression ? Mais il tenait à sa vision horizontale et discuter, quand il fait aussi chaud... Une poussée d'indignation suffit à vous mettre sur le flanc ; et je n'étais plus sûre de rien.

Quand nous l'avons quitté, il était encore tout occupé à égrener maximes et paradoxes : « Ici, nous sommes contre le darwinisme ; nous pensons que le futur est dans le passé, et pas seulement dans le futur. » Moi je veux bien ; de toute façon, il ne peut pas avoir tout à fait tort.

Le prince Diponegoro

Yogyakarta est la ville du rebelle le plus célèbre de l'histoire indonésienne, le prince Diponegoro qui, de 1825 à 1830, combattit l'occupant hollandais. Un petit musée, tenu par l'armée si bien qu'il est fermé à toute heure du jour, marque l'endroit où il est né dans une banlieue tranquille de Yogya. À Magelang, autrefois une garnison militaire des Hollandais, un autre musée indique l'endroit où il fut capturé, et, près de Punung, dans la grotte de Gua Tabuhan où l'on joue du gamelan sur des stalactites, l'on montre la cavité qui lui servit de refuge. Tout Java est ainsi semé de lieux mémorables qu'il faut relier, comme les cailloux du Petit Poucet, si l'on veut retracer cette sombre histoire de lutte, de trahison et de mort — l'une des tragédies, si nombreuses, dont est constitué le passé de l'île. Celle-ci est plus complexe que ne le fait croire la légende, puisque, si le vilain est clairement désigné — c'est le Hollandais traître à sa parole —, le héros, prince déchu de ses droits, a tout de même quelques points faibles.

Diponegoro était le fils aîné du sultan de Yogyakarta. Les Anglais, qui eurent un rôle bref mais mémorable[1] dans la colonisation de Java, lui trouvant sans doute trop de caractère soutinrent quelqu'un de plus jeune lors de la succession au trône. Diponegoro s'exila. D'une banale querelle de dynastie, il allait faire une guerre sainte. Il revint chef de guerre. Telle Jeanne d'Arc, il avait reçu un signe du ciel et il allait bouter le Hollandais hors de Java. Subjugué par son charisme, le peuple vit en lui le Ratu Adil de la légende, ce « roi de justice » envoyé de dieu et annoncé par les prophètes, qui les libérerait de l'oppresseur. Une partie de l'aristocratie le suivit. Ils guerroyèrent pendant cinq ans. Jusqu'au jour où les Hollandais proposèrent de négocier la paix. Diponegoro avait beau les haïr, il les jugeait encore trop favorablement. Il accepta. Les Hollandais le piégèrent, l'arrêtèrent, le mirent en exil à Sulawesi. Pendant vingt-six ans, il resta emprisonné à Fort Rotterdam, attendant sans doute une délivrance qui ne vint pas. On l'enterra là-bas, dans un petit cimetière. La révolte avait vécu, un

---

1. Après avoir conquis Batavia en 1811, les Anglais dominèrent le pays pendant cinq ans, période surtout marquée par la personnalité et les décisions de sir Thomas Raffles.

acte de traîtrise y mit fin. Un lent dépérissement, des dizaines de milliers de morts européens et indonésiens (indonésiens pour la plupart), la population de Yogyakarta diminuée de moitié.

En fait le tableau est plus compliqué qu'il n'y paraît. S'y croisent des forces et des tentations — peur, haine, jalousie, racisme — qui ne feront que croître et proliférer.

De Diponegoro ou de l'islam combattant, qui utilisa l'autre ? Et comment les intérêts se rejoignent-ils, d'une religion conquérante, dont les plus farouches partisans visent à l'établissement d'un ordre islamique, et du rebelle qui, criant sa haine du colonisateur, incitait ses troupes à la « guerre sainte » ? Cent quatre-vingt-six « hommes de religion », parmi les plus déterminés, se rangèrent à ses côtés[1]. Diponegoro, lui-même, qui aimait à se vêtir à l'arabe d'une grande *jubah* blanche et d'un turban, se proclama « souverain protecteur de la vraie religion » ; il entendait purifier l'air ambiant, souillé par la présence étrangère et de vieux restes de paganisme, en « élevant le statut de l'islam d'un bout à l'autre de Java ». Jusque-là, rien encore à redire. Tout de même, il y a dans l'idée de « vraie » religion comme un relent de fanatisme. À partir du moment où l'on

---

1. Pour avoir plus de détails, on peut consulter Denys Lombard, *Le Carrefour javanais*, vol. II, EHSS, 1990.

croit détenir la vérité, la seule, l'unique vérité, on
est un homme potentiellement dangereux (« Un
homme qui croit est plus dangereux qu'une bête
qui a faim », disait l'écrivain uruguayen Onetti).
Quant à la notion de « l'étranger », pour peu
qu'elle s'étende... Les choses se gâtent en effet
quand on apprend que Diponegoro fut respon-
sable de l'un des premiers massacres de Chinois
perpétrés par des Javanais. Cent Chinois, toute
une communauté, mis à mort jusqu'au dernier
par ses hommes. Pour rien. Parce qu'ils étaient
des étrangers, des *kafirs*, ou envahisseurs. Tout
comme les Hollandais, des colonisateurs eux
aussi. Lorsque les choses tournent mal, la respon-
sabilité en est imputée à l'Autre, par un système
d'interprétation qui, à des effets déplaisants,
trouve des causes externes, donc plus facilement
remédiables, et présente en outre l'avantage de
libérer à bon compte la rage dont on est chargé ;
qu'il existe parfois de bonnes raisons aux accusations portées ne fait que brouiller un peu plus le
tableau, puisqu'une telle justification nous aveugle
davantage sur nos motivations réelles. Pendant
longtemps les Chinois vécurent en bonne intelli-
gence avec les Indonésiens. L'installation des
Hollandais à Batavia, en 1619, changea subrepti-
cement ce rapport.

En octobre 1826, Diponegoro le raconte dans
ses mémoires, il eut une liaison « coupable » avec

une masseuse chinoise. Le lendemain, il fut défait à la bataille de Gowok. La leçon était claire : le ciel le punissait. La conclusion à tirer ne l'était pas moins : dorénavant, il serait interdit de s'unir à une Chinoise ou de la prendre pour concubine. Et comme son beau-frère, Sasradilaga, qui avait lui aussi eu quelques faiblesses pour des Chinoises, essuyait de son côté de lourdes pertes… Plus grave peut-être que le massacre, une nouvelle idéologie commença de s'implanter avec ce décret.

Depuis lors les « pogroms » antichinois se succèdent. En 1963, parti de la région de Sidanglaut et de Cirebon, le mouvement se répand comme une traînée de poudre : Tegal, Slawi, Bandung, Bogor, Sukabumi… reprend en 1966, encore avec des massacres, recommence à Bandung en 1973, à Solo et Semarang en 1980, sans compter les émeutes récentes à Jakarta où l'on tua, viola, pilla à cœur joie, des magasins et des rues entières brûlés, trous béants, façades noircies, tôles tordues, carcasses calcinées, non loin des avenues brillantes de couleurs, avec leurs panneaux publicitaires géants et les mille reflets de leurs gratte-ciel. Les Chinois sont aujourd'hui dans l'Archipel ce que les Juifs étaient autrefois en Occident. Jalousés par les bourgeoisies indigènes pour leur réussite commerciale, ravalés à une position de « minorité » dans un pays essentiellement musulman, opprimés par le gouvernement qui, proclamant son souci de paix, prit une série de mesures pour les « assimiler » en effaçant leur identité, ils oscillent entre le désir de fuir et l'envie de se dissimuler, en se convertissant à l'islam, par exemple. Mais à supposer qu'on accepte de renoncer à son nom, à son identité et à sa foi, comment changer les traits de son visage ?

Imelda

La première fois que nous avons vu Imelda, elle se tenait debout contre la nuit noire, sa robe blanche serrant son corps très mince ; elle attendait dans le hall de l'hôtel ; lorsque nous sommes entrés, elle nous avait souri. Elle était venue, nous dit-elle, rendre visite au directeur, l'un de ses amis.

Certes je la trouvai belle, avec ses yeux sombres et bridés, ses larges pommettes plates et la masse floue de ses cheveux noirs, mais moins que par la suite. Surtout me sembla émouvant le soin extrême avec lequel elle s'était vêtue, comme pour ne laisser aucune faille, aucun défaut — ce mélange de maîtrise, d'assurance et de fragilité que dénotaient ses attitudes et, lorsque j'en vins à mieux la connaître, son rire et son regard qui ne racontaient pas tout à fait la même histoire. Elle avait le type chinois, ce qui s'expliquait par une grand-mère paternelle venue de Chine, le directeur nous l'apprit par la suite ; elle, qui n'était pas avare de détails sur sa famille, avait omis celui-là.

Le lendemain soir, nous faisions connaissance autour d'une table dans un petit restaurant au bord d'une rivière, qu'elle avait choisi pour nous.

C'est alors qu'elle nous raconta son histoire. Son père, un chrétien, originaire de Sulawesi, enseignait la théologie à l'université. Sa mère était musulmane et deux fois, elle avait été à La Mecque ; chaque fois, son père l'avait accompagnée, restant, nous dit-elle, discrètement à l'arrière-plan. Elle était fière de cette tolérance. Mais visiblement, le métier de sa mère, l'acupuncture et ses effets, l'intéressait plus que les questions religieuses : « Ce sont surtout de vieux hommes de plus de soixante ans qui viennent la voir, ils lui demandent tous la même chose : ils sont impuissants et ils veulent des femmes jeunes. Et ça marche, vous savez. Ils reviennent tous. Et ils la remercient... »

Elle, elle a vingt-cinq ans tout juste, mais elle se sent vieille. Vieille puisqu'elle n'est pas mariée, que sa sœur plus jeune l'est déjà et que sa mère s'inquiète. Pourtant, depuis plusieurs années, Imelda subvient à ses propres besoins, elle a même pu acquérir une petite maison dans un quartier peu cher, et une grosse voiture pour transporter sa marchandise. Elle a monté son propre magasin à Salatiga, des objets artisanaux qu'elle dessine elle-même et fait exécuter par des artisans locaux ; elle les vend à ses associés, une firme américaine et une grecque, et en été prochain, si tout va bien, elle ouvrira une autre boutique à Yogyakarta. À ses heures, elle est aussi mannequin, régulièrement elle va à Jakarta pour présenter les collections dans les défilés de mode...

On lui apporte le sirloin steak qu'elle a commandé ; à l'étage des musiciens jouent du jazz. Imelda a choisi de placer la soirée sous le signe de l'Occident. Mais nous, pleins des images de la journée et ignorant ces signes discrets, nous lui parlons de nos récents enthousiasmes, du wayang kulit, entre autres merveilles. Elle s'y endort. « C'est pour les vieux dans les villages. » Alors (avec espoir), les danses du Ramayana ? Mais elle se tait, n'ayant plus le courage de protester, elle est trop polie pour cela, ou peut-être découragée. Quand les étrangers, dont on attendait un petit souffle de nouveauté, se mettent à jouer les touristes appliqués, l'écart qui se creuse est trop grand, et la déception aussi. Puis elle nous dit que tout cela c'est une affaire de génération, que les jeunes suivent les traditions quand il le faut, mais ce qu'ils aiment, c'est autre chose, la musique occidentale et la liberté. Être libres, un espoir que ses amants (dont elle nous fera la liste brève mais détaillée, Européens et Américains, « Indonésiens, jamais ») lui ont laissé entrevoir.

Avec ses robes légères à l'européenne, ses sandales à hauts talons et ses amis exotiques, Imelda, dans ce pays musulman où les femmes sont prudes et attendent sans mot dire le mariage, Imelda la rebelle fait figure de brebis galeuse. Quand elle parle à un Blanc dans la rue, il y a toujours quelque vieille pour la traiter de putain.

Sur la route du retour, tout en pilotant sa voiture avec une virtuosité un peu folle, elle nous déclare qu'elle aime l'Europe, les États-Unis, l'Australie — tout ce qui n'est pas l'Indonésie qu'elle veut fuir. Nous sommes à l'arrêt devant un feu rouge et un mendiant s'approche. Elle nous parle de la pauvreté, des gens qui couchent dans la rue, sous les ponts et que personne n'aide, de ceux qui, pour quelques sous refusés, brisent les rétroviseurs et les vitres de voitures qu'on a durement gagnées. La sienne, par exemple, un jour ils l'ont rayée, parce qu'elle n'avait pas de monnaie. Bien sûr ce n'est pas l'Inde, on ne voit pas les gens mourir de faim sur le trottoir, mais quand même, toute cette violence, prête à exploser... En France, comment faisons-nous ? Avons-nous un système d'aide pour tous les pauvres ? Et la liberté de vivre comme bon vous chante, elle existe là-bas, on le lui a dit. Si un jour elle pouvait s'offrir le voyage et venir en France, serait-elle acceptée ?

« Moi aussi, je suis pauvre... je suis pauvre et

je n'ai rien, puisque je veux tout — un métier,
l'indépendance, un homme qui m'aime et des
enfants mignons, et une grande maison... Mais
non, je plaisante, en fait je ne veux rien de tout
cela... » Rien. Tout. Entre l'Indonésie dont elle
refuse les traditions et l'Occident qui l'attire mais
qu'elle ne connaît pas, entre une société rigide où
elle lutte sans vraiment s'y inscrire et une autre,
élevée à la hauteur d'un mythe, apte à lui offrir,
croit-elle, tout ce qui lui manque, elle oscille.
Cherche un lieu auquel appartenir, un port d'at-
tache, une raison de s'arrêter. Elle n'est de nulle
part, rit et se moque bravement, mais dans chacune de ses questions, on sent comme un appel et
dans ses regards un peu de détresse.

Raden Ajeng Kartini,
entre deux mondes

Derrière Imelda et sa révolte, je le compris en pénétrant un peu plus dans l'histoire de Java, se profile la longue lignée de ces figures rebelles qui furent déchirées par la nécessité d'un choix — par l'attrait de deux cultures opposées, l'Orient, où elles s'enracinaient, et l'Occident, dont elles subirent la tentation. Faute de pouvoir les réconcilier, un jour ces révoltés optèrent pour l'une ou pour l'autre, une décision qui impliquait violence sur soi-même et mutilation. La solution trouvée au dilemme peut varier, le prix à payer est toujours l'isolement. Imelda est belle et audacieuse et elle a de grands rêves ; pourtant l'entoure un espace de solitude.

Les Européens surent détecter et utiliser cette fascination de l'Occident, et mettre en valeur ceux qui, sans le vouloir, servaient leur cause : leurs cas montraient bien le pouvoir de ce que l'Europe avait à offrir et, comme l'écrivait sir Thomas Raffles à propos du peintre Radén Saléh, les pro-

grès incroyables que peut faire le caractère javanais sous l'influence de l'éducation européenne.
Ainsi de la très célèbre Raden Ajeng Kartini, née
en 1879, près d'un siècle avant notre Imelda,
dont elle préfigure un peu la personnalité divisée.

Son père était un noble, un *priyayi*, et elle avait
appris tôt le néerlandais. Elle fut donc informée
des libertés — tout étant relatif — dont jouis-
saient les femmes en Occident. Sa propre condition lui parut d'autant plus étouffante. Elle s'en
plaignit amèrement, ainsi que d'une culture trop
conformiste où chaque mouvement était réglé à
l'avance, dans des lettres adressées à ses amies
hollandaises. Elle rêvait de se rendre aux Pays-
Bas. Un rêve qui en resta là. Kartini mourut en
couches à vingt-quatre ans, après avoir épousé un
régent du voisinage et fondé une petite école
de filles. Destinée obscure, révolte vaine, l'oubli.
Mais un haut fonctionnaire hollandais en décida
autrement. Il s'avisa de mettre à profit l'enthousiasme de cette jeune Javanaise et de faire d'elle
un modèle. En 1911, la correspondance de Kartini fut publiée par ses soins sous le titre révé-
lateur *De l'obscurité à la lumière*. L'obscurité
caractérisait les us et coutumes de Java et la
lumière, bien sûr, provenait du phare civilisateur
de l'Occident. Longtemps le public indonésien
ignora ce livre qui parut d'abord en néerlandais ;
puis en 1938, une nouvelle version, en malais

celle-là, connut un succès énorme. Du jour au lendemain Kartini devint la championne de l'émancipation féminine. En 1964, on la consacra héroïne nationale. Depuis lors, chaque année le 21 avril, on souhaite l'anniversaire de sa naissance, même s'il reste quelques musulmans pour se formaliser (comme ils le firent en 1925 par voie de presse) de ses vues sur le mariage et de sa totale incompréhension de l'islam. Kartini était occidentalisée, ce n'était pas là une mince critique, ni, d'ailleurs, un cas exceptionnel. Avant elle, le peintre Radén Saléh, un exemple plus glorieux encore d'exil intérieur, eut lui aussi une destinée des plus romanesques.

Radén Saléh,
prince et peintre javanais

Sous son grand portrait officiel, on lit : « Un prince javanais dans les cours d'Europe, 1829-1851. » Toque sur la tête, moustache tombante et visage émacié, le prince a pris une posture héroïque. Il a le poitrail bombé, la taille étranglée par une large ceinture où il a glissé un kriss, et toute une brochette de décorations sur la veste ; le regard s'adresse aux lointains, il se tient très droit. Mais est-ce cette volonté d'impressionner, cette carrure un peu fragile pour l'effet revendiqué, toujours est-il que, sous l'allure martiale, on lui trouve quelque chose de mélancolique.

Au musée de Bali, nous avions vu l'un de ses tableaux, le portrait d'un noble javanais et de sa femme, tout raides et guindés, et lu les explications que donnait le catalogue. On y constatait sobrement que si le peintre avait été hanté par l'Occident, l'Occident à son tour avait été séduit par lui. Reçu et célébré par les rois et les reines de toutes les cours d'Europe, entre autres la reine

Victoria, il connut le sort des « convertis cultu-
rels », disait l'auteur balinais, un moraliste : le
déracinement et la solitude.

On l'imagine arpentant l'Allemagne provin-
ciale du XIXᵉ siècle, prince javanais en costume
national, basané et haut en couleur, fou d'art et
de peinture, étudiant fauché qui menait la vie de
bohème — un individu étrange, un énergumène
comme on n'en avait encore jamais vu et qu'il
fallait regarder et écouter séance tenante. Il parlait six langues et traitait des sujets les plus
étranges. Quand sa petite bourse fondit, il recher-
cha un appui et des amis. Frédéric-Auguste II de
Saxe le protégea, puis les grands ducs de Saxe-
Cobourg-Gotha, puis la reine Victoria... Une
trajectoire triomphale. Paris et la révolution de
1848. Un voyage en Afrique avec Horace Vernet.
Un goût nouveau pour les sujets animaliers,
comme les peintres européens de l'époque, et
pour les scènes historiques, comme les grands
romantiques. Et il peignait à l'huile, systémati-
quement, ce qu'aucun peintre javanais n'avait
encore jamais fait. *Combat avec un lion, Chasse au
tigre dans les Indes, Capture du prince Diponegoro*, tels
étaient ses thèmes héroïques ; l'homme y était vu
aux prises avec l'histoire ou avec des forces irra-
tionnelles, des puissances qui le dépassent.

En 1851, il revint s'installer à Batavia. Aujour-
d'hui la rue Radén Saléh, dans le quartier de

Cikini, perpétue son souvenir. C'est là qu'à son retour il fit dresser selon ses plans un manoir gothique avec pignons et colonnade, un souvenir de l'Allemagne Biedermeier qu'il peignit en rose tendre. Et pour avoir sous les yeux ses modèles favoris, il réunit dans son parc une petite ménagerie. Le comte de Beauvoir, qui en 1866 vint chasser le crocodile dans les marais aux environs de Batavia, lui rendit visite au passage, comme il le raconte dans son *Voyage autour du monde* : « Il parle un peu le français et très bien l'allemand. "Ah ! nous disait-il dans cette dernière langue, je ne rêve plus qu'à l'Europe ; car l'on est si ébloui qu'on n'a pas le temps de penser à la mort…" Singulier contraste que celui d'entendre cet homme de couleur, en veste verte et en turban rouge, armé d'un kriss et d'une palette, parler dans la langue de Goethe de l'art français, des beautés anglaises, des souvenirs curieux de sa vie européenne… »

On eut beau l'entourer d'honneurs et l'inviter chaque soir aux meilleures tables, il continua de penser à l'Europe et à ses capitales. En 1875, n'y tenant plus, il repartit. Florence, Naples, Gênes, Gand, Baden-Baden, Cobourg et la Saxe, et Paris pour finir. Puis il revint et il eut sans doute tout le temps de penser à la mort. Un an après ce retour, il y entra.

Nous avons revu Imelda encore une fois. Nous nous étions quittés sans fixer d'autre rendez-vous. Quelques questions sur nos projets, où elle ne s'incluait pas, se contentant de nous interroger sur nos déplacements. Quelle conclusion tirer de ce laconisme ? Discrétion toute javanaise, ou absence d'envie de nous revoir ? À nous de deviner. Nous nous étions perdus en conjectures, une valse lente, et avions fini par lui téléphoner. Deux heures plus tard, elle était là.

Nous irions passer la journée à quelques kilomètres de Yogya, sur les flancs du volcan Merapi ; elle y connaissait un restaurant dans les rizières ; le dimanche les Javanais y déjeunent en famille, oublieux des méfaits du Merapi qui crache roches et lave sans crier gare, écrase au passage hameaux et villages et tue son homme sans coup férir. Au contraire, les Javanais lui portent le respect dû à la puissance, fût-elle capricieuse et imprévisible. Ils vouent même un culte à la « montagne de feu » et chaque année se rendent en procession solennelle au sommet, où un prêtre dépose en signe d'hommage quelques habits et effets personnels du sultan de Yogya.

Habituée à vivre dans le péril, Imelda conduisait sa voiture avec l'audace d'un trompe-la-mort. Sur cette route chargée de véhicules en tout genre, nous frôlions l'accident à chaque instant. Mais contre toute attente, un millimètre avant le choc fatal, la voiture s'arrêtait pile. Au volant, Imelda affichait un calme parfait que nous étions loin de partager. Mieux même : elle continuait la conversation comme si de rien n'était, ignorant visiblement tout de notre vague malaise et de ses exploits répétés. Je voyais son profil immobile, la fine ossature de son visage et parfois le grand sourire qui animait ses traits. Cette capacité à tout mener de front m'éberluait, ces nerfs d'acier, ce sourire paisible dans des encombrements auprès desquels ceux de la place de l'Étoile à Paris ressemblent à un jeu d'enfant, c'était stupéfiant ; tout en piquant régulièrement du nez sur le pare-brise, moi que le moindre trajet en voiture, ou en avion du reste, ou en bateau, transforme en loque nerveuse, j'admirais Imelda sans réserve.

« Avez-vous des ennemis, me demandait-elle, comme nous, les Hollandais et les Japonais ? »

Je lui expliquai que nous avions eu deux guerres mondiales qui avaient pas mal changé les choses.

Que la brève et terrible occupation japonaise ait été une conséquence de la Seconde Guerre ne préoccupe pas Imelda : après les Hollandais, les Japonais, puis, après les Japonais, les Hollandais de nouveau, tentant de rétablir une domination déjà longue de plusieurs siècles… l'occupant, toujours, qu'il soit vainqueur ou vaincu ; la liberté, l'indépendance, des mots appartenant au domaine du rêve. Ici ces guerres, qui eurent lieu essentiellement en Europe et au Japon, ressemblent à ces spectacles lointains qu'on regarde à la télévision : d'être situés de l'autre côté de la planète, ils prennent un aspect un peu irréel ; on ne se sent pas vraiment concerné. Curieux de voir soudain ses propres malheurs avec l'œil que nous avons pour considérer ceux des autres. La question innocente d'Imelda nous renvoyait à notre indifférence ; elle nous montrait surtout que ces tragédies qui marquent notre histoire et dont nous sommes issus, dans d'autres parties du monde sont aisément ignorées, effacées par des souffrances plus proches, ou par un passé dont nous ne savons rien, ou si peu, occupés que nous sommes à comprendre le nôtre. On a beau parler de mondialisation, échanger les nouvelles et les denrées, l'émotion ni l'intérêt ne suivent, ils restent collés au pas de notre porte, inévitablement.

Quand nous sommes arrivés au restaurant, la pluie s'était mise à tomber. C'était le milieu de la semaine et il y avait peu de gens. Une banale porte à battants, le sourire du patron, l'étendue des rizières. On progresse sur l'eau où nagent une multitude de poissons, en empruntant un dédale de passerelles en bambous qui relient de petits pavillons à toit de chaume montés sur pilotis. Un vrai village. On avance ainsi très loin, de plateau en plateau, jusqu'à atteindre le dernier où l'on n'a plus, pour tout horizon, que l'eau jaune, la dentelle des cocotiers qui se découpe contre le ciel et le bouquet des bananiers.

Nous nous sommes assis sur le sol autour d'une table basse. Une serveuse place devant nous les poissons frits que nous avons choisis sur pièces ; il a suffi de pointer du doigt ceux qui évoluaient à nos pieds. Nous bavardons avec Imelda qui nous a apporté ses photos de mannequin et, comme présent, un spécimen de chacun des objets qu'elle fabrique : des napperons, des paniers tressés d'une exquise élégance et qui répandent une subtile odeur d'herbe.

Le temps s'arrête. Nous sommes posés sur l'eau, dans cet avant-poste d'un autre monde — un univers liquide, calme et paresseux, qui s'étend à perte de vue. Notre petite nacelle pourrait dériver pendant des heures sans que le paysage change. Ici il n'y a ni mouvement ni menace, seuls cet instant de douceur qui s'étire, l'eau plate et les nuages bas perdus dans la même couleur pâle. Et nous — nous qui avons trouvé notre place entre ces éléments, comme si, dans ce bout du monde, elle nous était de toute éternité réservée. Brusquement la certitude nous vient que, sur ces quelques pouces de bambou détachés de la terre, la vie est parfaite, oui, parfaite.

La pluie reprend, de larges gouttes de pluie chaude qui tracent des cercles lents sur les rizières. Bientôt elle nous environne d'un rideau mouvant.

Les becak

Tout d'abord nous avions refusé de monter
dans ces lourdes caisses propulsées par la seule
force de deux maigres mollets pédalant sans
relâche. C'était renouer avec le temps des litières,
ou des chaises à porteurs ; après tout, nous n'étions
pas malades, nous pouvions bien marcher. Pourtant, les becak, on en voyait par centaines à
Yogyakarta ; au milieu de la rue, entre les bus, les
camions et les voitures qu'ils semblaient ignorer,
ils circulaient à vitesse humaine, imperturbables,
et la population locale les empruntait volontiers
pour parcourir de petites distances. Sous la capote
basse qui les protégeait du soleil s'asseyaient des
enfants ramenés de l'école, de vieilles femmes
avec les colis du marché, ou des hommes munis
de leur journal, parfois une famille entière entas-
sée comme pour une photo de groupe. Dès qu'ils
avaient fini leur course, les conducteurs se cou-
chaient sur le siège et, jambes étendues par-
dessus bord, ils prenaient un repos bien mérité.

Dans tous les coins de la ville, les becak, chargés de leur lot de dormeurs aux membres épars, étaient alignés à l'ombre des grands arbres, ou bien, isolés contre le trottoir d'une ruelle, ils attendaient sans hâte le client éventuel. Ils formaient alors comme une pittoresque galerie de peinture avec leurs panneaux badigeonnés de couleurs vives. Volcans et rizières, îles et palmiers, les petites scènes représentées sur les côtés et à l'arrière de la caisse, parfois par des artistes professionnels, disent sur un mode naïf ou nostalgique les beautés d'un paysage dont le cyclo-pousse est maintenant séparé. Autre thème d'inspiration, moins fréquent celui-là : les aventures des héros populaires, ceux du wayang kulit ou du silat, coups et bagarres, retour à l'ordre, exploits en chaîne de Zorros javanais : les becak, des bandes dessinées ambulantes. Aujourd'hui les autorités ont décrété que ces véhicules trop lents gênaient la circulation, elles en ont racheté des centaines et, à Jakarta, où ils ont la vie dure, il devient difficile de trouver des cyclo-pousse. Comme partout la voiture gagne.

Notre hôtel, malgré sa taille modeste, avait ses deux ou trois becak attitrés ; leurs possesseurs ne dormaient que d'un œil et, dès qu'un touriste pointait un nez prudent hors de la porte, ils se précipitaient tour à tour pour lui proposer leurs services. Sacha, au cours de ses promenades, s'était lié avec l'un d'entre eux, un jeune au visage rond que notre seule apparition faisait rire de toutes ses dents et qui ne demandait qu'à nous instruire : nous monterions dans son becak, c'était promis.

Au jour dit nous grimpons donc, à contrecœur je dois l'avouer, dans un de ces engins antiques. Nous ne sommes pas plutôt assis dans notre petit char (où nous nous sentons passablement ridicules, avec les genoux ramenés sous le menton) qu'une discussion animée, dont nous sommes semble-t-il l'objet, s'engage avec un autre cyclo-pousse que la bonne fortune de son copain a l'air de contrarier. Ils finissent par s'entendre. Avec force gestes ils tirent Sacha de son habitacle et le poussent vers l'autre becak. Nous protestons sans conviction : être traités comme des ballots de linge, tout de même, on pourrait au moins nous consulter si nous sommes l'objet des négocia-tions... Ils pensent que c'est une question d'ar-gent et nous assurent que le prix de la course restera le même, simplement, ils le diviseront en deux. Cette solidarité chez des gens qui gagnent chaque jour tout juste ce qu'il leur faut pour sur-vivre, voilà ce que nous avons remarqué dans ces pays, et pas seulement en cette occasion. Où trouvent-ils la force de partager le peu qu'ils ont ? Bien entendu nous avons passé le reste de l'après-midi en becak et ils ont eu chacun le prix de plusieurs courses, ce qui ne représente guère que 5 francs par tête chaque fois, n'exagérons pas nos mérites.

Mais nos deux cyclo-pousse n'ont rien à faire de notre étonnement d'Occidentaux ; intrépides, ils se jettent l'un après l'autre sous les roues des énormes camions qui dévalent la rue à toute allure. Une témérité qui exige, à mon avis, soit une confiance aveugle dans le respect qu'on porte aux touristes, soit la même confiance, placée cette fois dans l'adresse, ou la rapidité de réflexes du chauffeur qui nous arrive droit dessus. En l'absence d'une telle foi, nous sommes terrorisés et de plus asphyxiés par les tourbillons d'un noir d'encre qui sortent des pots d'échappement. Le becak tressaute au rythme des cahots, les poids lourds nous rasent dans un fracas d'enfer, je navigue sur toute la largeur du siège dur. Bientôt, cependant, les secousses régulières du cyclo-pousse, la voix chantonnante de mon guide au-dessus de ma tête, la vue des enfants qui sortent de classe dans leur bel uniforme et nous sourient, tout ce spectacle de la rue auquel nous sommes maintenant mêlés m'accapare suffisamment pour que j'oublie le danger éventuel. Mon conducteur m'explique que son copain a comme lui une famille et des gosses à nourrir, qu'aujourd'hui il n'a eu aucun client (les touristes se font rares par ces temps de violence) et qu'il a besoin de manger, tout simplement. D'où le partage des passagers et de la somme.

La nuit tombe vite, voilant la masse menaçante des nuages. Nous longeons de petits stands illuminés d'une seule lampe à pétrole où des gens sont attablés devant un bol de soupe ; une fille assise par terre mange avec ses doigts qu'elle a gantés de plastique un peu de riz déposé dans une feuille de bananier. Le long de la route les camions brinquebalants continuent de rouler.

Contrastes

Une fois de plus je devance les faits à seule fin de mettre en lumière, comme en juxtaposant des images, certains contrastes, d'ailleurs plus présents en ville que dans les campagnes, qu'il n'est pas besoin de commenter.

À Jakarta, mon frère, soucieux de nous faire découvrir divers aspects de la ville, nous a emmenés déjeuner à l'hôtel du Grand Hyatt. L'un des gendres de Suharto en fut l'un des principaux actionnaires. Nous pénétrons dans le hall. Tout y est conçu pour faire impression. Du luxe, de la grandeur, point d'extravagance ; chaque ligne, chaque détail concourt à l'effet général : l'escalier d'une largeur inutile que doublent de chaque côté des escalators, la vaste galerie à laquelle il aboutit et où poussent de beaux érables symétriquement disposés, l'eau qui coule, abondante, le long de faux rochers de part et d'autre des marches, et la fontaine jaillissant avec superbe au milieu de cet ensemble monumental. Des ascenseurs spacieux

et silencieux comme des tombeaux nous condui-
sent aux niveaux supérieurs. Au cinquième, on
débouche sur l'un des toits. Il y a là plusieurs
bars au bord d'un parc tropical dont les arbres et
les feuillages s'entrouvrent pour laisser voir une
piscine d'eau verte. Sur des chaises longues des
gisants se reposent, buvant de temps à autre une
gorgée de jus de fruit, seul geste qu'autorisent
la chaleur et le bien-être. Autour des tables,
quelques hommes d'affaires blancs et gras, que
courtisent de belles filles à l'air dur, jettent un
coup d'œil paresseux dans la direction du nouvel
arrivant. Le serveur nous apporte un riz épicé
mélangé de fragments de viande indiscernables,
le *nasi goreng*.

En bas, devant l'entrée, la ronde des voitures se
poursuit ; à l'arrivée, il n'est qu'à tendre la clé au
portier, au retour, qu'à s'asseoir dans la voiture
garée et ramenée par ses soins. Droite et parée
comme une idole, tête haute, regard perdu au
loin, une Javanaise distinguée attend sans bouger
d'un pouce.

Le Bromo

Quittant à regret Yogyakarta, nous avons traversé Java en train jusqu'à Surabaya, escale obligée pour qui veut voir fumer le Bromo, le volcan le plus fameux de l'île. Les trains javanais feraient frémir d'horreur ces conducteurs qui ne peuvent partir pour un long week-end sans s'entendre recommander par les pouvoirs publics de bien boucler leur ceinture. Des wagons, dont les larges portes sont restées béantes, s'échappent des bouquets de jambes et de bras nus ; prenant le frais et l'air de la vitesse, les voyageurs se sont entassés dans les ouvertures où ils restent assis, à moitié dans le vide, dans un équilibre imperturbable. Les voitures défilent à toute allure, dans un fracas d'enfer. Nous apercevons les couloirs bondés, les gens debout, les grappes humaines accrochées aux portières.

Dans notre train, pompeusement nommé Executive, des heures de paisibles secousses se sont écoulées, à rêvasser devant le paysage. Champs de thé, rizières asséchées après la moisson, étendues pâles semées de tas d'herbe noirs encore fumants. Quelques troupeaux de chèvres errent en semi-liberté, surveillés par un berger accroupi sous son chapeau de paille. On aperçoit, blottis sous les arbres, des villages dont les toits bas forment de larges taches d'un rouge orangé. À l'horizon, le moutonnement brumeux des montagnes.

Passé la ville de Pasuruan, à une demi-journée de voiture de Surabaya, la route grimpe subitement ; en l'espace de quelques tournants, on est à plus de deux mille mètres et en terre de magie. Ce n'est pas seulement que la végétation change ou que l'air se fasse plus léger — rien là que de naturel, un phénomène dont chacun a pu faire l'expérience en montagne.

Longtemps, le volcan et les habitants de ses pentes, les Tengger, sont restés coupés du monde, isolés par l'absence de route, mais peut-être plus encore par la conscience d'appartenir à l'univers sacré de la montagne et de vivre à proximité des dieux, voisinage qui bien entendu fait d'eux un peuple un peu particulier. Chaudement habillés de châles superposés, ils circulent à cheval, farouches et la mine fière, surplombant les touristes qui, aujourd'hui, s'aventurent bravement en 4 × 4 à travers la mer de sable, jusqu'au pied du cratère dont ils gravissent lentement les 246 marches telle une colonne ininterrompue de fourmis. L'islam conquérant n'a aucune prise sur cette enclave forte de sa position privilégiée ; on y célèbre l'ancien culte de la nature, et de petits autels en forme de sièges posés sur de hauts socles, comme dans l'hindouisme de Bali, attendent au détour du chemin ou sur la place des villages la visite des esprits de l'air et de la terre. Une fois l'an, lors de la fête du Kesodo, les Tengger en grande procession se dirigent vers le sommet du volcan où ils jettent leurs offrandes parmi les volutes de fumée : chèvres, volailles et autres denrées domestiques appréciées par les dieux, mais non plus, comme autrefois, des humains. La légende veut que l'ancêtre du peuple Tengger, Kyai Dadaputih, qui vivait avec son épouse dans la plus grande misère, ait adressé une prière au mont Mahameru. Il lui fut répondu qu'il jouirait d'une abondance éternelle — oignons blancs et rouges en quantité — s'il consentait à sacrifier au dieu du volcan son plus jeune enfant. Les légumes poussèrent. Mais Dadaputih et sa femme ne s'acquittaient toujours pas de leur dette. Menacés d'une catastrophe, ils durent un jour se résigner à jeter dans le gouffre du Bromo leur plus jeune fils, qui était le vingt-cinquième enfant (une variante de la légende indique que le mal dont le couple fut guéri n'était pas tant la misère que la stérilité). La statue de Dadaputih et de sa femme figure en bonne position à l'entrée d'un village sur la route du Bromo, et leur souvenir est vénéré comme le fut celui d'Abraham, qui, selon la Bible, accepta lui aussi de sacrifier à Dieu son fils Isaac. Ajoutons que dans les deux cas l'enfant fut sauvé.

Quelques jours avant cette expédition, nous avions vu, près du plateau de Dieng, au centre géographique de Java, le cratère de Sikidang, moins majestueux que celui du Bromo, et de taille plus réduite, mais qui, pour cette raison, se laisse approcher de plus près. Un bouillonnement d'enfer au fond d'une marmite géante. Des projections de boue noire, denses et brillantes comme des galets, suite d'étranges sculptures en mouvement qui sautent et dansent parmi les vapeurs de soufre — jets, points, taches, amas, lambeaux déchiquetés, motifs de métal poli propulsés dans les airs par une formidable énergie pour retomber l'instant d'après. Jaillissement, invention perpétuelle, la source est inépuisable. On reste là, fascinés. Et puis soudain le vent tourne ; enveloppés d'un nuage noir et nauséabond, à demi asphyxiés déjà, on n'a plus qu'à battre précipitamment en retraite.

La magnificence du Bromo ignore cette agitation furieuse. Lente et calme, la fumée monte, tantôt blanche et légère, tantôt plus dense et épaissie de gris, un souffle régulier — l'ample respiration de la terre.

Puissance incommensurable qui, tirée de son sommeil tranquille, peut en quelques heures changer la face des choses : les gens du lieu, que n'intéresse pas l'explication rationnelle, l'ont déifiée. Perchés sur notre ligne de crête, nous regardions les hauts versants qui se brisaient en cirques de brumes, le sommet largement évasé qui émergeait au-delà, comme flottant au-dessus des nuages, et les bouffées de vapeur pâle s'élevant dans l'air silencieux du soir. Devant cette présence prodigieuse, le monde de l'anecdote était comme aboli. J'ai passé une bonne heure immobile, dans un froid bientôt mordant, médusée par ce paysage, souscrivant sans réserve à l'interprétation des Tengger.

Nous vivons aujourd'hui, en Occident, dans une civilisation où tout est mesuré, quantifié, réduit à une norme, quelle qu'elle soit, doté d'une explication scientifique qui rend compte de l'origine des phénomènes comme de leurs limites. Il n'est pas jusqu'aux volcans et à leurs éruptions qui, ramenés à portée de courbes et de calcul par une recherche toujours plus précise, échappent à l'ordre de l'excès. Non qu'il faille regretter les acquis de la science ou les progrès de la technique, et si l'on peut s'interroger, c'est plutôt sur la façon dont ils ont influencé, pour ne pas dire déterminé, notre conception de l'univers et de nous-mêmes. Régulation, « calculabilité » de l'existence et des aléas cosmiques dont l'homme vit désormais à l'écart, quitte à se laisser surprendre par quelque tempête dont il a tôt fait de conclure qu'elle est due à sa mauvaise gestion de la planète.

Mais à vouloir s'assujettir le monde, l'homme n'a-t-il pas réussi seulement à aménager les murs de sa prison, se privant d'un dialogue et d'une échelle de grandeur qui, le haussant au-delà de ses frontières ordinaires, lui renvoyaient l'image de l'infini de ses désirs ? Correspondance entre divers ordres d'immensité qui ne sont peut-être pas étrangers l'un à l'autre. C'est tout au moins l'idée qui vous vient lorsque, devant le volcan du Bromo, ce spectacle colossal de la nature, on est rappelé à d'autres dimensions, à la pensée d'une harmonie extérieure à l'humain, celle même que s'emploient à préserver les Balinais avec leurs offrandes et leur observation incessante du paysage.

Éveil de l'imaginaire ou sentiment du sacré, on quitte, en voyant cette volute qui lentement s'élève du centre de la terre, les repères habituels. Alors qu'importe ce qui en nous renaît, désir de l'ailleurs, besoin de rompre les limites, ou bien antique terreur religieuse devant ce qui nous dépasse, qu'importe ce qui en nous répond, de l'imagination ou du besoin de spiritualité, puisque nous sommes, par cette vision, confrontés à la

perte de toute norme, de toute mesure, rendus à
un espace illimité.

À une cinquantaine de mètres en contrebas de
notre poste d'observation, s'étend un désert de
lave aussi lisse et nu que la paume de la main.
Tout autour, à angle droit, s'élève la muraille for-
mée par les parois de cet ancien cratère ; au loin,
vers le sud, les collines s'étirent jusqu'au mont
Mahameru. Marche après marche, ceux qui choisissent d'affronter les lieux descendent le long de
la falaise ; puis, pour traverser la surface lunaire,
montent à dos d'âne ou de cheval et cheminent
ainsi, patiemment, au milieu de petits tourbillons
de poussière, réduits aux yeux de qui contemple
de là-haut ce paysage de mort à de simples points
noirs progressant sur l'immensité grise. Ils s'éloignent, bientôt à peine visibles, ces pèlerins de la
montagne mythique, le Bromo.

À la recherche de Rimbaud

Au XIXᵉ siècle, on évoquait volontiers le « mirage de l'Orient », crainte et fascination mêlées, corsaires, pirates, esclaves, fastes inouïs et cruautés sans égal, et la jungle où rôdaient des forces incontrôlables, celles de l'instinct à l'état pur. Pour l'imagination fiévreuse d'un Occident malade de sa civilisation (sinon malade, du moins en plein malaise), l'Orient était un réservoir de mythes et de rêves — merveilles et périls entrelacés. Sans doute les fantômes ténébreux par lui suscités remontaient-ils en fait de profondeurs intimes et insondées, fosse où fermentaient des passions qu'il valait mieux ignorer, ou réprimer (comme dans *La Bête dans la jungle* de Henry James), quitte à laisser sa pensée vagabonder et vous suggérer des visions compensatrices, à la fois belles et terrifiantes.

Je ne sais si cette idée de l'Orient nourrie de récits, de poèmes, de départs et de désirs s'est inscrite dans ma mémoire au fil de mes lectures, mais le seul mot de Java agit sur une zone de mon esprit qu'on pourrait appeler envie d'ailleurs, ou d'évasion, à la façon d'un puissant stimulus. « Java. » L'effet est miraculeux. Un peu celui du « Sésame ouvre-toi », d'Ali-Baba : le réel s'entrouvre, une ligne de fuite apparaît, percée, passage vers l'infini. Java, c'est bien plus qu'un voyage, plus qu'un pays à découvrir ou une réalité à explorer : un départ dans l'imaginaire, une incursion en terre de poésie.

Cette poésie, seule pouvait la traduire, à mon sens, l'évocation de ces vies romanesques et tragiques, à l'image de l'histoire de cette île — destins dont la brève trajectoire trace un sillage de lumière : celle de Walter Spies, de Diponegoro, ou de Radén Saléh, le peintre et, plus encore, celle de Rimbaud qui s'engagea dans l'Armée des Indes, parvint au centre de Java, au pied du volcan Merapi, puis s'enfuit de nouveau vers l'Europe.

Je ne suis pas étonnée que Rimbaud, alors à peine âgé de vingt-deux ans, se soit, un jour du mois de juin 1876, embarqué pour l'Indonésie, voyage mystérieux sur lequel ses biographes ne se sont pas attardés, préférant le Harar puisqu'il y resta plus longtemps, et que d'aucuns ont qualifié de « curieuse escapade ». Après les fugues de son adolescence, la fuite, écrit Alain Borer, un esprit ami qui marcha sur ses traces (*Un sieur Rimbaud*) : « Les fugues autour de Charleville, puis à

Paris et à Douai, puis en Belgique et en Angleterre, les voyages dans toute l'Europe et à Java »,
autant de répétitions du grand départ africain.
Java, un coup d'essai.

Par un petit matin de printemps à Paris, à
mon retour d'Indonésie, je suis partie consulter à
la Maison de l'Asie le *Bulletin de la Société des
études indochinoises*. La conférence que donna Louis-
Charles Damais au Centre culturel français de
Jakarta en 1956 y est imprimée. Elle a pour titre
« Arthur Rimbaud à Java ».

La Maison de l'Asie se trouve dans un
immeuble du XIXe siècle, cossu et silencieux, que
rien ne distingue de ceux qui bordent l'avenue
du Président-Wilson, sinon une discrète plaque
de cuivre gravée. Je le découvrais. On a, en y
pénétrant, une impression de retrait, comme si la
rue et son mouvement s'effaçaient derrière vous ;
l'univers clos de la bibliothèque avec ses tables
vides et ses revues envoyées d'outre-mer se
referme sur vous et votre aventure intérieure telle
une bulle protectrice. C'est donc là, parmi
les « assis », que j'allais poursuivre la recherche
commencée à Java par un épuisant après-midi de
marche et d'attente — des conditions qui, tout
au moins, me donnèrent ce jour-là à sentir
un peu la réalité vécue par Rimbaud. À l'arrivée,
j'ai tendu une fiche, pas de corvée d'ordinateur,
et dans la minute une jeune femme souriante

m'a remis la précieuse plaquette expédiée de
Saïgon.

M. Damais étaie son étude sur un article écrit
par un certain M. Van Dam, un homme épris de
précision (au point de consacrer, en 1942, un
article à l'argot des soldats de l'Armée des Indes),
qui était spécialisé dans les recherches sur l'histoire et dépouilla, afin de suivre Rimbaud, nombre
de documents officiels, notamment les archives
de l'Armée. Il avance tout de même l'hypothèse
hasardeuse que Rimbaud a pu subir l'attrait du
« mirage de l'Orient » dont il avait sans doute
entendu parler « au cours de ses incessantes ran-
données, en particulier à Anvers, ou encore à Mar-
seille où il travailla comme débardeur ». Hormis
cela, peu d'interprétations, et c'est heureux, mais
une accumulation de détails qui, dans leur sécheresse, incitent à penser.

« L'Armée royale des Indes néerlandaises »,
comme on l'appelait à l'époque, était une véritable Légion étrangère, M. Damais commence par
le constater. M. Van Dam, qu'il admire visiblement, s'était livré à un petit jeu sur les chiffres,
comptant, par année, les nationalités qui s'y trouvaient représentées et, pour chacune, le nombre
des engagés : plus de 3 000 Français en quelques
années. Statistiquement, il n'est donc pas absurde
de penser que Rimbaud, qui avait été en contact
avec les milieux les plus divers, ait pu rencontrer

un ou plusieurs de ces desperados et décider de les suivre, autre hypothèse de M. Van Dam.

Il est en tout cas certain que Rimbaud se présenta à Haderwijk, le centre de recrutement de l'Armée des Indes, le 18 mai 1876 : « Il est marqué dans les archives dudit centre comme ayant été pris ce jour-là "en subsistance". » Le lendemain il signa son engagement « comme soldat pour six ans à compter du jour de son embarquement avec une prime d'engagement de 300 florins ». Suit une description minutieuse de la vie de caserne de la nouvelle recrue qui dut enfiler son uniforme et écouter la lecture du code militaire avant de recevoir, quelques jours plus tard, la meilleure partie de la somme convoitée. M. Van Dam remarque que pour Rimbaud, qui avait si souvent été sans le sou, une telle somme dut paraître une fortune (elle équivalait à 600 francs-or), mais « qu'il en aura probablement gaspillé la plus grande partie à faire la fête avec ses nouveaux camarades », troisième hypothèse, plus hasardeuse encore que les deux précédentes.

La tâche des mercenaires : mater une rébellion chez les Atceh (située à l'extrême nord-est de Sumatra, la province d'Atceh résistait activement à la colonisation hollandaise. En 1873, les Hollandais lui déclarèrent la guerre. L'envoi de 10 000 hommes, de sanglants combats, le sultan défait, la capitale prise. Les Atceh ne s'avouèrent pas vaincus pour autant : ils se lancèrent dans une guérilla tous azimuts aux accents de la « guerre sainte ». On en était là quand Rimbaud s'engagea).

Arriva le jour du départ pour Java. Les soldats reçurent alors un autre habillement (il semble que, comme pour le mondain, chaque occasion nouvelle de la vie du soldat ait appelé un changement d'habits, souci de décorum, respect du rôle et de l'image) : uniforme de serge bleue orné de brandebourgs bleus et manteau de voyage gris, à quoi s'ajoute un haut képi bordé d'un cordonnet orange. Parvenu dans la mer Rouge, un nouveau costume encore, tenue de tropiques cette fois : blouse blanche de toile (comme celle des peintres en bâtiment), pantalon rayé de bleu et blanc, béret écossais. Lorsqu'on connaît la chaleur intenable de ces pays, on ne s'étonne plus que certaines recrues aient eu d'ores et déjà envie de s'enfuir.

En réalité, dès qu'ils avaient touché leur prime, observe M. Damais, les soldats sentaient leur zèle diminuer, car « combien revenaient d'Orient après six ou dix ans » ? Le choix entre une lente agonie par les fièvres et une mort rapide ; la maladie, une balle perdue, la colère des indigènes.

Les autorités le savaient si bien qu'elles prenaient toutes les précautions pour les empêcher de s'évader. Le matin du départ, les soldats s'étaient rendus à la gare en colonne, entourés d'un fort détachement de gardes armés de baïonnettes ; et à chaque port, des policiers anglais patrouillaient sur le quai, sans compter les gardes sur le navire.

Mais le 11 juin, le fusilier Marais, né à Paris en 1847, se jeta par-dessus bord. On ne comprit pas les raisons de son geste. « Il ne put être repêché et se sera donc noyé. »

Passé Naples, où ils enragèrent de ne pouvoir descendre, certains fusiliers d'origine italienne tentèrent leur chance au canal de Suez ; le 28 juin, sept d'entre eux avaient disparu (un seul fut retrouvé ; réembarqué sur le bateau suivant, il s'évada pour de bon à Java). Le 2 juillet, un autre fusilier sauta par-dessus bord dans la mer Rouge ; il ne fut pas retrouvé. Encore un à Sumatra, en juillet 1876, alors que le *Prins van Oranje* arrivait à Padang — repêché celui-là...

Le 10 juin 1876, le vapeur *Prins van Oranje*, de la compagnie Nederland, quitta donc le port de Den Helder. « Les soldats avaient leur hamac dans la cale réservée aux troupes et recevaient du café, du thé, du sucre, du beurre et des biscuits pour une semaine. La première escale était Southampton où l'on chargeait des vivres et du bétail de boucherie... » Après le départ de Southampton, Rimbaud reçut en sus un paquet de tabac à fumer et à chiquer, une pipe en bois, et il put jouer au loto et aux dames, on avait distribué des jeux aux recrues. Six semaines passèrent ainsi, marquées de suicides et d'évasions.

Le 22 juillet, on arriva en rade de Batavia. Les militaires (qui avaient reçu comme réconfort une ration de pain blanc frais et un verre de vin) furent emmenés en tramways spéciaux à la caserne de Meester Cornelis. « L'aspect de cette nouvelle caserne, qui avait servi jusqu'en 1848 d'usine à thé, ne devait pas être très accueillant. »

Dans le « Registre Matricule », on a consigné les détails du signalement de Rimbaud, entre autres — signes distinctifs : néant ; taille : 1,77 aune néerlandaise.

Puis l'on dirigea le « demi-bataillon de gauche » vers Salatiga. L'itinéraire passait par Semarang, sur la côte nord de l'île, où l'on se rendait par bateau. M. Damais pense que Rimbaud fut embarqué le 30 juillet sur le *Minister Fransen Van de Putte* (hélas, un biographe plus récent donne le nom, moins intéressant, de *Pakar Ikan*). À Semarang, il prit le train (45 km) en direction de Solo. Descente à Tuntang. Deux heures de marche à travers la jungle, et on atteignait la caserne de Salatiga.

Alors l'entraînement militaire commença.

Quelques jours après, le 3 août 1876, son camarade Michaudeau, incorporé avec lui au premier bataillon d'infanterie, mourut.

Quelques jours plus tard encore, le 15 août, moins de trois semaines après son arrivée, Rimbaud manqua à l'appel ; la veille il s'était fait inscrire pour assister à la messe de l'Assomption.

M. Van Dam pense que Rimbaud n'a jamais eu longtemps l'intention de mener la vie de soldat, qu'il n'avait d'autre but que de se rendre à Java et qu'une fois ce but atteint, il n'a plus pensé qu'à s'en aller.

Un but ? Se rendre à Java ? L'interprétation de M. Van Dam est peut-être risquée. Relisons Rimbaud : « Enfin, le plus probable, c'est qu'on va plutôt où l'on ne veut pas, et que l'on fait plutôt ce qu'on ne voudrait pas faire, et qu'on vit et décède tout autrement qu'on ne le voudrait jamais, sans espoir d'aucune espèce de compensation. »

Et quant à l'engagement dans l'armée : « Ses projets d'engagement dans les armées espagnole, hollandaise, américaine, comme autant d'uniformes rêvés pour s'identifier au père jusque dans la désertion, ne pouvaient, ne devaient le mener qu'à l'échec. » (*Un sieur Rimbaud.*)

Rimbaud ne fut pas retrouvé et vingt-huit jours après sa disparition, le 12 septembre 1876, il fut rayé comme déserteur, conformément au règlement. En pareil cas, les possessions du délinquant étaient vendues aux enchères. On fit l'inventaire de celles de Rimbaud. Elles produisirent, y compris les 2 calots, la paire de souliers euro-

péens et la serviette de toilette, un total de
1,81 florin.

« Rimbaud n'ayant, toujours d'après le procès-
verbal, aucune dette vis-à-vis de l'État et ne
laissant aucun descendant légitime ou illégitime
connu, le montant total de la vente fut versé à la
chambre des tutelles de Semarang... par l'intermédiaire de celle de Salatiga. »

Toute trace du passage de Rimbaud à Java
était effacée. « La trace mène au corps... La trace
de Rimbaud fascine parce qu'elle vaut pour un
corps inaccessible[1]. » Ici encore, pas de corps,
plus de trace. « C'est Rimbaud tel qu'il fuit. Rimbaud toujours décampe, il décanille !... À peine
l'a-t-on aperçu qu'il est porté disparu. »

Il parcourut dans la touffeur de la jungle,
parmi les lianes et les arbres gigantesques, les
quelque cinquante kilomètres qui le séparaient
de Semarang. *Je suis un piéton, rien de plus.* Embar-
qua sur le *Wandering Chief* qui cinglait vers l'Ir-
lande (un navire qui lui était visiblement destiné
et dont M. Damais ignorait encore le nom), essuya
une effroyable tempête au sud de Durban, sur la
côte africaine, fit escale à Sainte-Hélène où l'on
répara le navire, Ascension, les Açores, Queens-
town, Cork... puis Liverpool, Le Havre, Paris où

---

1. Cette citation et les suivantes proviennent de *Un sieur
Rimbaud*, d'Alain Borer.

on le vit déambuler en costume de marin anglais, et pour finir, comme toujours, Charleville. Mais à peine arrivé, il repartait...

« La question rimbaldienne pure... n'est pas celle, illusoire, d'une cassure dans sa vie, mais de la permanence du renoncement, de la répétition de l'abandon, de la passion de l'échec. »

Nous étions revenus à Yogyakarta, non loin de Semarang, la tentation était grande de partir sur les traces de Rimbaud. Dans sa biographie, Borer énumère ceux qui éprouvèrent cette envie, et qui y cédèrent : une dizaine d'ouvrages en résultent, portant toujours le même titre : *Sur les traces de Rimbaud*. Partir sur les traces du poète, « c'est se mêler à la caravane de leurs récits ». Soit. Mais cette fois il ne s'agissait que de trouver une caserne perdue au centre de Java.

Un matin gris, nous partîmes donc en direction du pays de Mataram, vers Solo, puis Salatiga. Notre chauffeur, prénommé Kusuma, comprenait bien l'anglais — une chance, puisque, en fin de compte, il passa plus de temps à faire l'interprète qu'à conduire la voiture. Avec ses yeux ronds, son visage mobile et son sourire perpétuel, il rappelait les masques balinais chargés d'exprimer les forces positives ; c'est d'ailleurs sans doute à ce caractère bienveillant que nous dûmes l'aide,

imprévisible, de l'armée réputée si féroce. Avant
la fin du voyage, il s'était passionné pour ce mystérieux M. Rimbaud, mort depuis des lustres et
que nous poursuivions avec une étrange persévé-
rance ; ou peut-être cette chasse au poète disparu
lui parut-elle un jeu aussi divertissant que neuf ;
toujours est-il qu'il nous aida sans relâche.

De Solo à Semarang on traverse le centre de
Java. Marqueterie de rizières, étroits rebords
de terre tracés au cordeau, terrasses grimpant en
à-pic. Et les plantations de bananiers ou de
papayes. Les couronnes de lourds fruits verts
autour des troncs minces sous le plumet des
feuilles. Nous traversions des villes et des villages ;
chaque fois l'essaim compact des deux-roues,
insectes casqués aux yeux de fer qui s'avancent
telle une armée invincible, forts de leur nombre
et du bruit de leurs moteurs. Depuis une heure à
peu près la route grimpait ; nous étions à flanc de
volcan.

Autrefois une ville de garnison hollandaise,
Salatiga est aujourd'hui une bourgade paisible où
les Javanais viennent prendre le frais en fin de
semaine. Une seule grande rue la traverse ; passé le
marché, qui battait son plein, cette rue opère un
virage en épingle à cheveux et continue son cours
plus haut sur la colline. Kusuma s'étant renseigné
sur l'emplacement de la caserne, c'est vers cette
partie haute de la route qu'on nous avait envoyés.

Nous longions de petites maisons coloniales élégantes et proprettes, avec leur galerie à colonnes et leur jardin planté de palmiers. Ainsi, au bout de son périple, Rimbaud a vu ce décor statique, à peu de chose près celui que je voyais : un cadre de banlieue sous les tropiques, rien de plus, maigre butin pour l'imagination. De l'autre côté de la route, un peu surélevés, les bâtiments officiels se succédaient, pompeux et massifs comme ils devaient l'être à l'origine ; tous portaient maintenant le nom de Diponegoro. Nous nous arrêtâmes devant le plus grand. Il était entouré de grilles et de barrières, plein de soldats en armes qui arpentaient la cour, aussi peu hospitalier que possible. Kusuma s'avança vers eux, chargé d'une première question ; à voir la mine farouche avec laquelle on l'accueillit, on ne peut qu'admirer son courage. « Était-ce la caserne ? » « Tous ces bâtiments étaient des casernes », telle fut la réponse qu'il nous rapporta, l'air perplexe.

Est-ce à ce moment, ou un peu plus tard, après deux renvois, la même attente inutile à chaque fois, les mêmes explications confuses planant dans un vide étonné, que nous comprîmes la vérité et l'étendue du désastre ?

Tout le haut de la ville était couvert de casernes, ici, c'était le siège de l'armée, là-bas celui de la police militaire, auquel bien sûr on nous adressait pour de plus amples renseignements…

Ainsi commença notre longue quête, ponctuée de ses stations, de ses tentatives avortées, pleines d'espoir au début, plus hésitantes par la suite, de ses dialogues absurdes et de ses moments héroïques.

Au fond d'une longue pelouse, à l'ombre d'un banian, les policiers bavardaient en cercle. Cette fois nous entourions Kusuma qui traduisit nos questions. Des Blancs surgis de nulle part et cherchant un poète français mort au XIXᵉ siècle. Ce n'était pas vraiment habituel. Une plaque commémorant sa mémoire, peut-être ? D'autres policiers alertés par la nouveauté accoururent de tous côtés ; tout le monde s'en mêla. Connaissaient-ils le nom de Rimbaud ? Réponses négatives. Un vieil homme, dont les dents branlaient à chaque mot prononcé, prit la situation en main : il y avait une plaque sur un baraquement à l'intérieur d'une caserne. C'était la plus ancienne de la ville et la plus vaste, nous aurions une bonne chance d'y trouver la trace de notre poète. Il nous dirigea à quelques kilomètres de là, au sommet de la colline.

Sur notre gauche, la caserne surplombait la route : une suite de baraquements tous semblables, entre des barbelés, sur une prairie verte en plein ciel. Des barrières fermées, des gardes à l'air rogue et méfiant, portant bottes et tenue de camouflage. Il fallut laisser nos passeports à l'entrée. Dans la petite salle de garde, la télévision marchait, une image floue, des dessins animés que regardaient les soldats pour tromper leur ennui. L'ennui. Celui de Rimbaud était sans fond et le tenait corps et âme. Ses mots me revenaient en mémoire : *Je m'ennuie beaucoup, toujours ; je n'ai même jamais connu personne qui s'ennuyât autant que moi.*

J'écris l'objet de ma quête en gros caractères sur une feuille blanche : RIMBAUD, le fait suivre d'une date, 1876, et tends le tout à l'officier qui est arrivé sur ces entrefaites. Il connaît la plaque, effectivement, mais ne se rappelle plus les mots exacts de l'inscription. Nous avons ordre d'attendre, il se rendra lui-même sur les lieux avec Kusuma. Une heure passe, l'écran tressaute, Tom et Jerry pourchassent un chat, des soldats apparaissent dans l'encadrement de la fenêtre, nous jettent un regard curieux, puis repartent. Il nous semble être là depuis toujours, dans cette hutte posée au sommet d'une colline, dans ce paysage vide où Rimbaud, armé de son fusil, s'apprête à fuir. Le temps s'étire, nous ne repartirons plus ; notre recherche reste ouverte, sans fin ni résolution possible, comme nos questions absurdes, comme notre attente indéfinie, comme l'écho d'un nom qui résonne et rebondit sans réponse. Enfin, les deux enquêteurs reviennent. La plaque qu'ils ont lue ne portait pas le nom de Rimbaud.

Nous en avions déjà pris notre parti, c'est dans
l'ordre des choses. L'officier, qui s'est pris au jeu,
téléphone au siège administratif de l'armée et
explique notre demande ; le commandant en chef
va nous recevoir. Munis de notre feuille et du
nom de Rimbaud, nous repartons.

Une autre salle de garde, aux murs aussi nus
que la première, mais bourrée de soldats et de
téléphones. Ma feuille circule de main en main.
Ils lisent avec perplexité : Rimbao. Rimbao,
répètent-ils comme pour une question, la voix
traînant sur le O. On appelle l'officier supérieur
tandis que les téléphones sonnent et que les renseignements affluent. La poursuite commencée
en 1876 dans les mêmes lieux, quand Rimbaud
suivit à pied la route de Semarang, reprend à plus
d'un siècle de distance. Le temps n'a pas passé.
Rimbaud vient de s'enfuir, il se cache dans la
jungle à quelques kilomètres d'ici. L'armée entière
s'interroge et le cherche. Rim-ba-o, entend-on de
toute part ; mais en vain, inconnu, insaisissable,
Rimbaud. L'officier supérieur arrive, un homme
au visage fin et au regard inquisiteur, qui prend
au sérieux cette histoire de poète disparu il y a
plus de cent ans en pleine jungle. On cherche une
autre plaque, une autre trace, l'attente recommence (sans plus de résultat que la précédente).
« Ces casernes existaient-elles à la fin du siècle
dernier ? » Non, tout a été entre-temps démoli et

reconstruit. Le climat attaque la pierre, ronge les maisons, tout se délite, se défait, s'écroule sans cesse, retourne au néant. Les bâtiments s'en vont aussi et avec eux, la chance d'un signe à capter. Mais au moins, les casernes ont-elles toujours été là, en cet endroit de la ville ? Toujours, même site, autres maisons. Reste ce bout de colline, une ligne nue contre le ciel.

Illusoire la pensée de trouver la trace de Rimbaud. Emportée par les vents et les pluies la caserne où brièvement il fit halte, pas même de souvenir dans les mémoires, ni d'hommage à un nom confusément remémoré, pas de fausse piste comme la maison inventée du Harar qui « lui fut attribuée un siècle après son séjour malheureux », non, rien, décidément rien. Rimbaud est absent de tout lieu, comme il le fut toujours, et notre quête, qui confirme ce que je savais — Rimbaud à jamais nous échappe —, trouve son sens dans son absence même d'aboutissement. La plaque que l'ambassadeur de France fit apposer sur un bâtiment ancien de la ville, pensant que là sans doute Rimbaud s'était arrêté, n'apporte pas plus de vérité sur ce fragment de vie que notre vaine recherche. En fait peut-être moins ; comme ceux qui nous ont précédés, nous sommes « en quête d'un homme qui fuyait son passé, poursuivait un avenir impossible et qui, à force de dire ici et à présent, *ne laisse aucune trace* ».

C'est sur cet effacement que nous sommes repartis, lançant un dernier regard à la vue qu'on a de la caserne : celle du volcan Merbabu dont le cratère en forme de cuvette, finement dessiné contre le ciel, semble cracher des volutes de nuages. Peut-être est-ce, à Salatiga, la seule image qui rappelle un peu la présence de Rimbaud. « Le Cratère » : un quartier d'Aden. *Vous ne vous figurez pas du tout l'endroit. Il n'y a aucun arbre ici, même desséché, aucun brin d'herbe, aucune parcelle de terre, pas une goutte d'eau douce. Aden est un cratère de volcan...* Volcan, feu et laves. *Les parois du cratère empêchent l'air d'entrer, et nous rôtissons au fond de ce trou.* Les lieux où parvint Rimbaud, par hasard semble-t-il, étant ballotté d'un port à l'autre, deviennent « nécessaires au perfectionnement de sa souffrance », comme si, en tout point du monde, il devait vivre réellement sa saison en enfer. Le volcan Merbabu, l'un des premiers cercles de l'enfer, en attendant celui d'Aden, où il peina plus encore.

De Java, dans son œuvre, reste sans doute cet éclat de poème, aujourd'hui gravé sur une plaque : « Pays poivrés et détrempés ! » (*Aux pays poivrés et détrempés ! — au service des plus monstrueuses exploitations industrielles et militaires*, dans « Démocratie ».)

Le marché aux oiseaux

Nous allions quitter Yogyakarta, définitivement cette fois, et bientôt, l'Indonésie. Un monde de couleurs pour retrouver une réalité en gris et blanc, aseptisée, libre du virus de la fantaisie, c'est tout au moins ce que je ressentais au moment de la retrouver.

Parmi les dernières images que nous emporterions, celles du marché aux oiseaux nous livraient, pêle-mêle, dans le désordre et la plus grande confusion, des fragments de vie indonésiens. Même pauvres, réduits au strict minimum vital, les Indonésiens considèrent comme essentiel de posséder un oiseau — non pas un, en fait, mais plusieurs, des oiseaux sauvages aux couleurs brillantes et au cri strident, venus des jungles de Sumatra ou d'Irian ; de leur vie libre ces volatiles ont conservé l'habitude de l'appel rauque, mise en garde ou menace, son bref qui perce l'épaisseur du feuillage et fait sursauter le visiteur inattentif. Il n'est pas de maison, si modeste soit-elle,

ni de palais qui n'ait sa cage accrochée en façade
ou sur cour. Lorsque, après avoir suivi un dédale
de ruelles entre les manguiers et les frangipaniers,
nous avons débouché sur le marché aux oiseaux, ce
sont ces cages que nous avons tout d'abord vues,
des centaines de cages de toutes les formes et de
toutes les tailles, dans un empilement invraisem-
blable. Puis les créatures étranges qui les peu-
plent, outre les oiseaux, des écureuils grands
comme le pouce qu'une jeune femme nourrissait
avec un cure-dent chargé de banane, des scorpions et des serpents dans un même stand, avec,
au mur, la photo d'un bébé hilare enserré par un
énorme python, des chauves-souris géantes enve-
loppées de leur fine membrane et suspendues
la tête en bas, utilisées « pour la médecine » nous
a-t-on gravement précisé, en particulier pour
les maux d'asthme, fréquents dans ces pays, un
lémure enroulé sur lui-même comme un coquil-
lage délicat et qui, de temps à autre, déroulait ce
cercle parfait pour montrer d'immenses yeux
ronds et tristes, des chiens entassés à quatre ou à
six dans des cages minuscules et qu'on vend
comme nourriture, un varan des îles Komodo,
plus proche de l'alligator que de nos lézards de
jardin, qui dardait une langue fourchue et rapide
et dont on nous assura qu'il n'y avait rien à
craindre (encore qu'aux îles Komodo, où pullu-
lent ces monstres préhistoriques, on ne retrouva

d'un amateur de risques et de photos qu'un lambeau de short abandonné sur la plage), et, au milieu de ce capharnaüm, de vastes corbeilles remplies de toutes sortes d'insectes, grillons, cafards, sauterelles, fourmis dans leurs pelures d'écorce, tout un grouillement microscopique et bizarre. Surplombant les petits singes serrés les uns contre les autres, qui parfois, à travers le grillage, tendaient une patte miniature et suppliante, un grand rapace arrogant toisait la mêlée, insectes, touristes et marchands confondus.

Je sais qu'à Bangkok on peut, pour quelques sous, ouvrir une cage et libérer un oiseau. Non pas acquérir un oiseau, mais lui offrir la liberté. Pour cette somme modique, on obtient bien davantage que la simple possession d'une créature, de rusés marchands, fins connaisseurs de l'âme humaine, l'ont compris : le sentiment de sa propre bonté, ou celui de son pouvoir, immense puisque l'on accorde le plus grand bien qui soit ; donc, le plaisir du beau geste — faire le bien — suivi de la vision délicieuse de l'oiseau s'envolant ; sans compter l'identification, toujours possible, au prisonnier. En libérant l'oiseau, on se libère soi-même, et tout ce qui, en ce monde, est abusivement gardé entre des barreaux : on devient bienfaiteur de l'humanité, on remet les choses en bon ordre, et de surcroît on s'envole à tire-d'aile avec l'oiseau. Il faut le constater, tous les plaisirs sont réunis, et parmi les plus hauts qui se puissent espérer.

Mais voilà, c'est arrivé à l'un de nos amis philanthrope, qui avait acheté le droit d'ouvrir nombre de cages et de voir s'envoler leurs habitants : les oiseaux sont revenus. Ils n'avaient pas plutôt pris la clef des champs que, préférant leur cage à l'espace inconnu, ils y sont à nouveau rentrés. Sans doute y trouvaient-ils nourriture et sécurité, habitudes et contraintes, un périmètre restreint et déjà exploré : tout ce qu'il faut pour vivre, tout ce à quoi, après leur vol d'essai, ils n'auraient pas l'imprudence de renoncer. Toujours est-il que les oiseaux refusèrent la liberté qui leur était offerte par notre généreux et idéaliste ami. Obéissant à la volonté du marchand ou suivant leur boussole intérieure, ils s'en revinrent comme un seul homme vivre entre leurs barreaux.

Nous rentrions en France, retrouver, nous aussi, nos chères habitudes et nos contraintes. Après un petit vol d'essai auquel, à la différence de l'oiseau qui est sage, nous avions pris goût.

Un lieu a cessé de nous être étranger. Ce ne sont plus les images des dépliants publicitaires ou des cartes postales que nous regardons à distance, détachées de tout contexte vivant, n'obéissant à d'autre nécessité que celle de l'effet, mais des gestes et des actes dont nous sommes maintenant solidaires, parce qu'ils éveillent en nous une résonance et que nous en comprenons la nécessité. Nous sommes inclus dans ces scènes qui ne sont plus seulement spectacle mais réalité sensible — une réalité suffisamment forte pour nous faire oublier nos modes de réaction et nos systèmes de mesure. Nous sommes entrés dans *leur* lieu, dans leur pays, émerveillés de constater qu'il est aussi le *nôtre*. Nous en reconnaissons l'existence et la place inscrite en nous, comme une zone que nous aurions jusqu'à présent omis d'explorer et dont nous découvrons l'étendue. Toutes ces possibilités ignorées, ces vies inexprimées, et que les hasards du dépaysement nous révèlent — ce que nous aurions pu être, faire, devenir...

Voyager, quitter une région de la carte du monde, mais aussi une scène intérieure dont on est plus ou moins prisonnier, sortir de circuits mentaux fermés, construits, bétonnés par l'habitude, aller prendre le frais ailleurs, en une autre partie de l'univers et de soi-même.

Appel d'air, perspectives. Lâcher prise. Inspiré par cette liberté nouvelle, nous vient le sentiment que nous pourrions sans dommage ni nostalgie ne jamais revenir, que nous est donnée là, en cet endroit précis et en cet instant même, la possibilité de recommencer ou de renaître, d'embarquer pour une autre terre à la mesure de

nos désirs ; loin de l'ennui, ce monstre gris né
d'un quotidien lourd comme une vérité inéluc-
table, d'entrer dans un paysage qui possède les
promesses et la consistance d'un songe, l'un de
ceux que l'on aurait, on ne sait pourquoi, porté
en soi tout ce temps en négligeant de le poursuivre. Illusion ? Peut-être, mais l'important
n'est-il pas de s'arracher de temps à autre à la
pesanteur pour chausser des semelles de vent,
pour que recule sans fin l'horizon qui nous restreint — ce qui ne signifie nullement de *réaliser*
un rêve, c'est-à-dire de le transformer en réalité,
puisque alors on en verrait le terme, mais de parvenir à l'habiter ?

Départ, c'est le petit matin, l'horizon s'ouvre,
l'espace est toujours vierge. On se retournerait
sur ce qu'on a laissé derrière soi avec une sorte de
soulagement (appelé, bien sûr, à se nuancer parfois de regret). Le vieil aventurier qui au fond de
nous sommeille nous appelle à plier bagages, à
repartir, baluchon sur le dos, en avant, marche, le
monde est encore neuf et il est encore temps. Peu
importe ce qui suivra, il ne s'agit pas d'un projet
réaliste, non, certes, rien de semblable, mais de
l'élan qui nous pousse à prendre le large — à
rejoindre nos rêves. En Indonésie, réservoir
d'images fortes, puissant détonateur de l'imaginaire, j'avais rencontré l'une des formes possibles
du mien. Je la gardais sans doute en moi depuis

longtemps sans pouvoir la préciser, cette aspiration à autre chose, cette image de l'ailleurs ; par une suite de hasards et de dérives, elle m'attendait là, en cet autre bout du monde, plus réelle que ma vie précédente, je l'ai reconnue.

Ou bien serait-ce là une forme déguisée de cette tentation violente que nous avons parfois d'être un autre, comme dans une étude philosophique de Balzac, pour quelques jours, pour quelques heures, d'emprunter la peau d'autrui, par simple curiosité, pour voir, pour se fuir ? Désir d'évasion, besoin de renouveau, goût de l'ailleurs — ou impatience des limites, qu'importe ?

Rompre les amarres, changer de peau, quelle que soit la métaphore, il s'agit toujours de détachement, et de métamorphose. Partir pour ne plus tout à fait revenir.

Celui qui rentre n'est plus le même. Raison pour laquelle on n'a jamais tant envie de repartir qu'au moment du retour. Afin d'échapper à une difficile réadaptation, afin de refuser la sagesse qui consiste à renoncer — à laisser de côté comme autant d'aberrations toutes ces belles envolées qui nous parlaient de changement, de vie toute jeune, d'étendue qui s'ouvre et autres balivernes. Oh sans doute c'est une question d'heures ou, au pire, de jours. Et puis l'on se remet, au prix de quelques contorsions acrobatiques, dans le carcan ordinaire qui n'était plus fait à nos nouvelles mesures. Réintégrer un rôle, un personnage, une attitude : tailler, limer, raboter, réajuster, forcer un peu par ici et puis par-là, ça y est, on a retrouvé la taille voulue, ni trop grande ni trop petite, « le juste milieu », et les bornes entre lesquelles on évolue.

Dans l'avion, en revenant de Java, je pensais qu'à Paris je relirais Rimbaud, et aussi qu'il me restait à écrire, chaque matin, devant ma feuille de papier ou mon écran, ainsi à reprendre la route, à revivre mon départ pour l'Indonésie : à le réinventer par l'imagination et lui trouver des prolongements, et, dans cet espace recréé, à le posséder mieux encore qu'au moment où je l'avais vécu — consolation du retour...

Je tiens à remercier Jean-Pascal Elbaz, directeur du Centre culturel français de Yogyakarta, qui vit en Indonésie depuis dix ans, pour nos longues conversations et ses conseils de lecture.

DU MÊME AUTEUR

Aux Éditions du Seuil

DE PETITS ENFERS VARIÉS, 1989.

LE PAYSAGE ET L'AMOUR DANS LE ROMAN ANGLAIS, 1994.

GENS DE LA TAMISE ET D'AUTRES RIVAGES… : VU DE FRANCE, LE ROMAN ANGLAIS AU XXᵉ SIÈCLE, 1999 (Points essais, 2001).

LA CHAMBRE BLANCHE, 2003 (Points roman, 2004).

PROMENADES EN TERRE BOUDDHISTE : BIRMANIE, 2004.

UNE PASSION EXCENTRIQUE : VISITES ANGLAISES, 2005.

BIRMANIE, avec des photographies de Michel Gotin, 2006.

UN LIEN ÉTROIT, 2008 (Points roman, 2009).

Chez d'autres éditeurs

JEAN RHYS : LA PRISONNIÈRE, Stock, 1996.

BALI, JAVA, EN RÊVANT, Éditions du Rocher, 2001 (Folio nᵒ 4154).

GANDHI, Gallimard, coll. Folio biographies, 2006.

Impression Novoprint
à Barcelone, le 18 janvier 2010
Dépôt légal : janvier 2010
1ᵉʳ dépôt légal dans la collection : janvier 2005

ISBN 978-2-07-031426-3./Imprimé en Espagne.

174127